乡客诗词集续集

XIANGKE SHICIJI XUJI

徐主平 ◎ 著

中山大学出版社
·广州·

版权所有　翻印必究

图书在版编目（CIP）数据

乡客诗词集续集/徐主平著. —广州：中山大学出版社，2020.5
ISBN 978-7-306-06842-2

Ⅰ.①乡… Ⅱ.①徐… Ⅲ.①诗词—作品集—中国—当代
Ⅳ.①I227

中国版本图书馆 CIP 数据核字（2020）第 030645 号

～～～～～～～～～～～～～～～～～～～～～～～～～

出　版　人：	王天琪
策划编辑：	钟永源　梁惠芳
责任编辑：	钟永源
封面设计：	曾　斌
责任校对：	钟俊霞
责任技编：	何雅涛　缪永文
出版发行：	中山大学出版社
电　　话：	编辑部 020-84111996，84113349，84111997，84110779
	发行部 020-84111998，84111981，84111160
地　　址：	广州市新港西路 135 号
邮　　编：	510275　　传真：020-84036565
网　　址：	http://www.zsup.com.cn　E-mail: zdcbs@mail.sysu.edu.cn
印　刷　者：	佛山市浩文彩色印刷有限公司
规　　格：	635mm×690mm　1/16　12.5 印张　230 千字
版次印次：	2020 年 5 月第 1 版　2020 年 5 月第 1 次印刷
定　　价：	39.80 元

～～～～～～～～～～～～～～～～～～～～～～～～～

如发现本书因印装质量影响阅读，请与出版社发行部联系调换

序

  中华人民共和国——在中国共产党的英明领导下，实现了中华民族站起来、富起来到强起来的伟大飞跃，迎来了伟大复兴的新时代。人心大快，欢欣鼓舞，令我余热再兴，努力赋诗作词六百多首，献给祖国新征程填缝铺路的一铲砂子，也觉得有献力之慰。

  本书有如下特点：

  （1）分系列赋作。更好地展示物质循环之兴衰，启迪人们对自然环境的保护，美化人类的生活。

  （2）用"比"的手法。如"隔岭画眉舌巧神"，画眉的灵歌善唱，活化诗词形象，放飞想象力，提升感染力。

  （3）语言诙谐。如"仙风活化还童日？恰有知音鸟唪扬""夕阳吾贵不支钱""八十一条模范事，广东羊城久久闻。"……增强诗词的趣味性、娱乐性，令人欢快，沉浸在诗词的意境中。

  （4）潜情回味。如"右贴扶躯往返回"，一个"右"字令人沉思：初夜月东升，深夜西沉月，仍右扶？内蕴背北向南往返之意。又如"男女嬉摇生六肖"……令人沉思回味。

  上述诗作特点，使得诗词的形象活灵活现，其乐无穷。

  诗词分：竹枝词（客家山歌）、事悟灵感、人缘灵理、山水田园、动物灵巧、植物灵气、静物质灵、四季气灵、月明地丽九个系列为目著成。书扬：人缘伦理；人尽其才，培护物质循环、美化环境，造福于人类。

  作文立说，自以满圆，实有不圆。书中错漏之处在所难免，希望广大读者不吝赐教。

  我著成此书，正临中国共产党诞辰一百周年大庆，我福中加喜：诗书献礼。

作者：徐主平
2019 年秋

目　录

一、竹枝词（客家山歌）篇

（一）歌唱中国共产党 …… 002
（二）歌仁颂善 …… 005
（三）情歌男女对唱 …… 008
（四）颂全民抗病疫 …… 020
（五）悼念全球新冠肺炎病毒献身之魂 …… 022

二、事悟灵感篇

祝贺中国共产党的十九大召开 …… 024
中国改革的光辉 …… 024
不忘七七烽烟 …… 024
纪念中国工农红军长征胜利八十周年颂 …… 025
纪念抗战胜利七十周年 …… 025
国庆思英烈 …… 025
一带一路 …… 026
学习伟大的爱国主义者孙中山先生 …… 026
辛亥革命 …… 026
黄埔军校珠江潮 …… 027
中国改革的雄流 …… 027
有感江丙坤祭黄花岗 …… 028
中华盛世歌 …… 028
丝绸之路古今开 …… 029
猎风 …… 029
暑期探妻农耕（1982） …… 029
随妻割山草 …… 030
亲友赠绘画 …… 030
雕虫啃纸心 …… 030
离退休处诗书画展 …… 031
事境灵裁 …… 031
广州花市 …… 031
花市桃花妹 …… 032
改革初农民的奉献 …… 032
山川农民 …… 032
农村柑户 …… 033
工仔何年有城居 …… 033
枇杷果熟时 …… 033
高技裁缝手 …… 034
爆米花妇为儿筹学费 …… 034
春耕农姑 …… 034
山农 …… 035
夏种插秧 …… 035
农渠失修 …… 035
莫迷香 …… 036
养蚕姑娘 …… 036
秋收忙 …… 036
暑假助妻耕田 …… 037
学作诗 …… 037
中华重阳节 …… 037

纪抗美援朝 ……… 038	人生之味 ……… 049
斥蔡英文 ……… 038	八秩自嘲 ……… 049
香港的暴乱 ……… 038	八秩抒怀 ……… 050
夕阳红美 ……… 039	晚年福 ……… 050
吟诗 ……… 039	人生日月 ……… 050
登高远眺 ……… 039	悟世述人生 ……… 051
老乐歌 ……… 040	乐世行 ……… 051
观珠江退潮 ……… 040	世悟 ……… 051
老人晨运 ……… 040	适时为 ……… 052
顺然乐健 ……… 041	农民工月夜 ……… 052
人在天地间 ……… 041	人际 ……… 052
羊年岁末 ……… 041	老顽童 ……… 053
家乡新貌 ……… 042	心声 ……… 053
中华改革的光辉 ……… 042	勤者开志 ……… 053
天力 ……… 042	静思 ……… 054
腾飞共建地球城 ……… 043	各自有明 ……… 054
湖钓 ……… 043	忆牧童工 ……… 054
说钓 ……… 043	骨气 ……… 055
颂三峡水电站 ……… 044	克寒生温 ……… 055
登镇海楼 ……… 044	益人活延 ……… 055
拔稗草 ……… 044	珍夕阳 ……… 056
耕农免税 ……… 045	采茶少女 ……… 056
鸟鸣晨 ……… 045	蚕姑恋春 ……… 056
渔歌子·种花生 ……… 045	顺然 ……… 057
望海潮·歌颂中国共产党	荷园导游小姑 ……… 057
十九大 ……… 046	讽新潮女 ……… 057
望海潮·贺中华人民共和国	事发于缘 ……… 058
国庆七十周年 ……… 046	人戏 ……… 058
	忠告某姓君 ……… 058
	珍时渡世 ……… 059
三、人缘灵理篇	世花 ……… 059
构建人类命运共同体 ……… 048	房地产焗心寒 ……… 059
父亲 ……… 048	裁衣师 ……… 060
育人之父 ……… 048	世事 ……… 060
励人润生的东方雷 ……… 049	行思其果 ……… 060

自乐 …………… 061	肇庆鼎湖 …………… 074
两岸情 …………… 061	旅游雨蟄别墅 …………… 074
感怀 …………… 062	大山泉 …………… 074
天程 …………… 062	湖天妙 …………… 075
夕阳红 …………… 062	山村酉时乐 …………… 075
答友人 …………… 063	登高眺群山 …………… 075
同学相逢 …………… 063	新珠江夜 …………… 076
自修福让 …………… 063	眺海 …………… 076
善行 …………… 064	闲步珠江堤 …………… 076
同舟共济抗病疫 …………… 064	冰封天堂山 …………… 077

四、山水田园篇

游山峪 …………… 066	春美珠江 …………… 077
乡间小洋楼 …………… 066	云霭 …………… 077
踏青 …………… 066	春风山村 …………… 078
游七星岩 …………… 067	攀高山 …………… 078
溪水 …………… 067	溪云 …………… 078
垂钓深山湖 …………… 068	野游 …………… 079
回乡观双吼石桥旧址 … 068	望海楼 …………… 079
瀑布 …………… 068	康乐园美 …………… 079
莲花山 …………… 069	雨后夕阳荷湖景 …………… 080
春灵图 …………… 069	粤地春山 …………… 080
游庆云寺 …………… 069	长江颂 …………… 080
初夏游白云山 …………… 070	游山玩水 …………… 081
重阳登高 …………… 070	溪头村 …………… 081
岗顶春景 …………… 070	仲夏游南沙 …………… 081
咏羊城 …………… 071	海湾 …………… 082
粤果菜美 …………… 071	飞来寺 …………… 082
秋步康乐园 …………… 072	乡晨赋 …………… 082
老少登山游 …………… 072	山村 …………… 083
雨花落湖 …………… 072	湖静生天 …………… 083
牧山湖 …………… 073	亲友山居 …………… 084
重阳游山湖 …………… 073	乡山歌 …………… 084
田家 …………… 073	南昆山养生谷 …………… 084
	登广州塔 …………… 085
	春山行 …………… 085
	春田 …………… 086

003

赏春	086	屋檐灰蛛	99
春暖山园	086	稻田蛙	99
田园春色	087	春山鹧鸪呼	99
夕阳游	087	暮春彩蝶	100
青峰湖	087	蝶私心	100
秋山湖景	088	鸟克蝶恶	100
龙门旅游区	088	南粤水库鹭鸟	101
乡村	089	家燕	101
山居	089	养小鸡	102
白云	089	蜜蝶探花	102
中山大学康乐园	090	孑孓	102
山坑景	090	萤火虫	103
春雨饰凡间	091	田鼠	103
林葱江流	091	蟾蜍	103
秋园	091	蚕	104
故乡西淋河抒怀	092	蚕说蜘蛛	104
游南昆山	092	鸭	104
		老马	105
		雁南飞	105

五、动物灵巧篇

		蜜心	105
蚌鹤之灾	094	缸鱼乐乎	106
耕牛	094	毛毛虫	106
咏鸟	094	水虱	106
池天鱼乐	095	野竹丝鸟	107
蟹	095	穿山甲	107
鸳鸯	095	蜜勤传后	107
莲塘动静	096	渔歌子·牛	108
蚯蚓	096	渔歌子·白鹤	108
骥	096	渔歌子·候鸟	108
河蚌	097		
题孔雀	097		

六、植物灵气篇

题鹅	097		
咏蚕	98	林生竞枝	110
智鱼	98	杜鹃山	110
大暑钓塘虱鱼	98	桃花	110

目　录

中山大学杜鹃花 …… 111	老树 …… 124
菊 …… 111	崖小草 …… 124
咏枫树 …… 111	玉兰花 …… 124
醉花 …… 112	九里香花 …… 125
桃红落池 …… 112	茶 …… 125
墨兰有果 …… 112	路边花 …… 125
米兰 …… 113	白芝麻 …… 126
椰子 …… 113	玉堂春 …… 126
题海棠 …… 113	秋伤小草 …… 126
咏红梅 …… 114	叶青有仁 …… 127
颂莲 …… 114	红尖椒 …… 127
月桂花 …… 114	茉莉花 …… 127
晚赏秋枫 …… 115	禾雀花 …… 128
咏赤枫 …… 115	荔枝花 …… 128
咏秋莲 …… 116	兰花 …… 128
睡莲 …… 116	树叶 …… 129
并蒂莲花 …… 117	迎春花 …… 129
冬莲 …… 117	油茶子花 …… 129
夏荷残呻 …… 117	咏花叶遗落 …… 130
荷君子 …… 118	芋头 …… 130
莲塘 …… 118	苦练树 …… 130
莲灵珍时 …… 119	蒜 …… 131
大盘莲 …… 119	粤果香四季 …… 131
落花 …… 119	小园红豆 …… 131
春授柳意 …… 120	冬柳 …… 132
题春柳 …… 120	十六字令·菊 …… 132
植物适时奋 …… 120	十六字令·枫 …… 132
咏山竹 …… 121	十六字令·海棠 …… 132
竹直仁献 …… 121	
老竹 …… 122	**七、静物质灵篇**
九里香盘景 …… 122	
初夏观松海 …… 122	静物 …… 134
簕杜鹃盆景 …… 123	诗词 …… 134
含羞草 …… 123	诗与情 …… 135
水仙花 …… 123	作品 …… 135

005

贺《中华诗词大全》七卷出版 ······ 135	邮票 ······ 147
《中华诗词大全》 ······ 136	咏志 ······ 147
尺 ······ 136	锄 ······ 148
沙 ······ 137	唐诗 ······ 148
圆规 ······ 137	渔歌子·路灯 ······ 148
红砖 ······ 137	
瓢杓 ······ 138	**八、四季气灵篇**
锅 ······ 138	雷声催春 ······ 150
书 ······ 138	春新涤旧 ······ 150
花岗岩石 ······ 139	春耕时节 ······ 150
指南针 ······ 139	春雨 ······ 151
火药 ······ 139	仲春 ······ 151
纸 ······ 140	万物竞春生 ······ 152
活字印刷术 ······ 140	春风 ······ 152
胶擦 ······ 140	粤春 ······ 153
檐水穴 ······ 141	新春 ······ 153
毛笔 ······ 141	春灵苏生 ······ 154
扫帚 ······ 141	勤春秋果 ······ 155
担挑 ······ 142	夏雨 ······ 155
露水 ······ 142	惜春 ······ 155
鹅卵石 ······ 142	春灵思友 ······ 156
抹布 ······ 143	谷雨 ······ 156
路亭 ······ 143	春之美 ······ 156
盘景彩石道 ······ 143	夏天 ······ 157
历史博物馆 ······ 144	夏暴雨 ······ 157
碗 ······ 144	夏热农家小子夜 ······ 157
盆 ······ 144	伏雨 ······ 158
盐 ······ 145	粤夏 ······ 158
砧板 ······ 145	秋风 ······ 158
珠算盘 ······ 145	春情 ······ 159
气球 ······ 146	春灵感赋 ······ 159
书献业路 ······ 146	忆春 ······ 160
广州的大桥 ······ 146	溪川夏晚情 ······ 161
史书 ······ 147	咏秋情 ······ 161

目　录

秋雨 …………… 161
秋兴 …………… 162
秋思 …………… 162
金秋 …………… 162
中秋 …………… 163
秋雷雨乡山 …………… 163
冬寒 …………… 163
粤冬 …………… 164
冬 …………… 164
穗冬雨冰雪 …………… 164
大寒雨 …………… 165
冬雨 …………… 165
冬寒之雨 …………… 166
冬日浴 …………… 166
腊月农情 …………… 166

九、月明地丽篇

中秋湖月 …………… 168
赏月 …………… 168
独饮圆月下 …………… 169
忆昔中秋月 …………… 169
中秋月明思 …………… 169
圆月撩双双 …………… 170
月光 …………… 170
月圆明 …………… 170
月明故乡人 …………… 171
月应人之美 …………… 171
中秋夜游湖 …………… 171
房中看月 …………… 172
船开江月 …………… 172
水池月上楼 …………… 172
月染江丽 …………… 173

秋月 …………… 173
月圆雨水时节 …………… 173
珠江月 …………… 174
夏夜雨晴月圆明 …………… 174
高山观月 …………… 174
月圆荷池萤飞 …………… 175
夫妻农耕归 …………… 175
乡山明月抒怀 …………… 175
山月 …………… 176
中秋皓月下 …………… 176
春月山居 …………… 176
月光思 …………… 177
中秋登高赏月 …………… 177
山乡冬月 …………… 177
寒露月 …………… 178
月善护人 …………… 178
圆月遇天云 …………… 178
湖月 …………… 179
追月 …………… 179
月满令思圆 …………… 179
静山夜月 …………… 180
下弦月 …………… 180
月似有情 …………… 180
月圆 …………… 181
月明珠江 …………… 181
中秋月 …………… 182
月静山林 …………… 182
秋芦圆月乐钓翁 …………… 183
吾俩赏月 …………… 183
初秋圆月 …………… 183
天月有情 …………… 184
卯时圆月照山村 …………… 184
初三四月 …………… 184

007

一、竹枝词（客家山歌）篇

（一）歌唱中国共产党

(1)

中国革命党领航，推倒三山得解放。
工农联盟齐奋斗，自力更生富国强。

(2)

华夏奋起改革章，让人先富第一纲。
中华崛起国强健，社会升平乐洋洋。

(3)

包产开农改革英，三年粮丰国兴平。
耕农免税仍津贴，盘古开天第一情。

(4)

铁龙①入藏②系福光，历史五千③第一章。
党策温民民族旺，同兴致富乐安康。

注：①铁龙：铁路；②藏：西藏；③五千：五千年。

(5)

中华崛起亮彤彤，丰衣足食太平中。
工农社保民享受，历史千年第一宗。

(6)

东方春日岭晨霞，一带一路共赢车。
八亿人民贫困解，天下人歌涯①中华。

注：①涯：普通话"我"的意思。

（7）

中华崛起耀东方，自造航母亮堂堂。
导弹飞天中国造，护卫边疆党担当。

（8）

龙腾劲起一路香，大地鸿开家小康。
民族复兴双百计，光荣艰巨党领航。

（9）

中国鸿开高铁龙，东南西北亚非通。
丝绸海路南洋港，合作共赢中国风。

（10）

神舟烨烨步逍遥，捷上天宫男女骄。
天宇灵开物理学，中华科技竞飞超。

（11）

喜鹊情欢叫喳喳，农民致富也唔差。
旅游探亲红喜事，美服名鞋坐小车。

（12）

旧时荒岭今耕开，集约联营发大财。
龙眼荔果银纸在，牛羊竹款汇等来。

（13）

昔日担儿出山坑，今时的士嘟嘟声。
手机铃响形相见，唔使行前羞惊惊。

（14）

东方红亮是晨阳，十九大开中国光。
民族复兴双百计，鸿兴一带一路香。

(15)

　　珠穆峰灯红天下，长江水浩润中华。
　　龙孙聚会献双百，民族复兴强国家。

(16)

　　世界兴迎中国风，全球党聚北京宫。
　　协和万邦创民富，大道扬旗天下公。

(17)

　　合国①诞辰八十年，近平②主席献昌宣。
　　创人命运共同体，载入世界决议篇。

注：①合国：联合国；②近平：习近平主席。

(18)

　　中华崛起亮明天，二十国会杭州①圆。
　　主席②鸿宣明旨路，同兴世界乐担联。

注：①杭州：中国杭州市；②主席：习近平。

(19)

　　天着雷明闪闪东，霸权全食走唔通。
　　人人平等兴国路，合作共赢世界风。

(20)

　　平等和谐天下公，多元世界劲龙风。
　　共赢合作通天下，风雨同舟乐融融。

(21)

　　美开高税霸权风，中国进口博展通。
　　华夏鸿开天下力，全球贸易步步雄。

(22)

　　中国昆仑放彩光，神州大地建小康。
　　华东发展向西进，全国升平党领航。

(23)

晨阳艳艳是东明,喀什①高铁向西臻。
俄德相通亚欧陆,阿拉伯岛非洲伸。

注:①喀什:中国新疆的一城市名。

(24)

党嘅诞辰百岁年,去贫民富小康天。
中华崛起东方亮,一带新兴一路牵。

(二)歌仁颂善

(1)

中华家教圣贤良,爱国爱家兴族章。
青年参军系天责,亲爷爱父旺龙堂。

(2)

党践扶贫家小康,勤劳致富系荣光。
专心奋力齐兴业,国庆百年践国强。

(3)

中华儿女顶呱呱,苦学勤劳俭持家。
奋业恒持复兴路,神州盛放双百花。

(4)

社会明蒙百丈深,金钱色毒别贪淫。
爱学雷锋为大众,护国恒持献忠心。

(5)

太阳西下又月光,婆媳传承你也当。
子孝甜言胜买肉,爷安孙健系天章。

(6)

天下山高高有超,珠峰①顶上白云飘。
强中自有强中手,合作共赢众业高。

注:①珠峰:珠穆朗玛峰。

(7)

常住山坑识鸟音,傍河地利察鱼沉。
涨凶易退山溪水,反复无常小人心。

(8)

开路造桥便人行,慈心解困修仁耕。
为人莫作亏心事,半夜敲门心唔惊。

(9)

一米养人千万夫,贪横劫杀系①败徒。
酒中有话真君子,财上分明大丈夫。

注:①系:普通话"是"的意思。

(10)

春力勤劳冬福安,禾苗谷细有粮餐。
牡丹花好空凌目,枣树花丰果满竿。

(11)

天地风云冷热多,凡人世道苦难磨。
真诚凡事民呵护,恶霸奸人罪必戈。

(12)

凡间曲直路看清,善事施人在于诚。
责人之心明责己,恕人养德乐恕人。

一、仔枚词（客家山歌）篇

(13)

上和下睦满朝华，父子相和暖全家。
妻顺夫从家福旺，近邻和睦护门衙。

(14)

幼尊老健不忘亲，儿孙爱近父母心。
身安足食常微信，带好后生敬孝襟。

(15)

夫勤妻俭芭蕉心，合耕成财买黄金。
两日三嘈金变铁，家衰败落水冇斟。

(16)

患难时难餐缺枯，帮扶爱助急时无。
旱天滴水如甘露，醉酒添杯是毒夫。

(17)

生儿放任子成驴，养女冇教如养猪。
身教胜言千万句，无为失责系屠夫。

(18)

一天省合十成升，业大家兴爱俭心。
善事容人得省俭，勤劳置业业耕深。

(19)

东边放彩系晨阳，见道呈途善于量。
一忍平安天地阔，互开明理事成祥。

(20)

花开花落系平常，媳妇明心待家娘。
芥菜摘开新又长，家婆接位系你当。

(21)

天恶阴云百丈深,明蒙难见内细针。
逢人只讲三分话,未可全抛一片心。

(22)

危难沉着静思危,退步天空任君飞。
急忍能安行有道,耐心平和善事随。

(23)

夫妻团和聚家心,敬老携幼乐康身。
有难同当同奋力,家庭和睦万事兴。

(24)

闲话时传日日苏,装聋唔听自然无。
邻居好斗门前雪,大难临头人不扶。

(25)

喜宴迎宾让上横,后生下席送茶羹。
让老动筷始开席,夹菜自前莫夸坪。

(三)情歌男女对唱

男

春暖东风杨柳青,一山宏亮妹歌声。
东边日出西边雨,你话有晴又有晴。

一、仔枝词（客家山歌）篇

女

灵物春阳发嫩芽，东红靓丽系晨霞。
青蛙会唱春时燕，满树蜂情采春花。

男

隔岭画眉舌巧神，唱情柔婉好娇亲。
春风灵物春情醉，你嘅歌声会迷人。

女

山歌嘹亮好情声，你系刘君亚李生？
今日情缘天气好，请开金口报介名。

男

春山情显溜溜青，请妹专心静静听。
西早有言日月嬲，池中落月鲤并行。

女

省级劳模叫谭明，荣光金闪闪大名。
为人造福人人爱，今日缘开乐见兄。

男

亲情喜鹊送回音，知妹文情造就深。
记涯①劳模心惊喜，愿你长存友好心。

注：①涯：普通话"我"的意思。

女

明哥讲话好斯文，口齿灵甜有礼君。
八十一条模范事，广东羊城久久闻。

男

妹子音言好温馨，阳光耀眼看唔清。
大名高姓姑通报，相识成缘好相亲。

女

春来灵鸟好声音,情开真意讲哥听。
文刀携手系伢①姓,东阳映云系妹名。

注:①伢:普通话"我"的意思。

男

妹子刘霞咁好听,红阳艳丽亮兴谈。
相亲尺寸高几尺?敢问看涯啥唔啥?

女

正月过哩二月来,花园处处有花开。
桃花瓣笑追春意,百树花开就缺梅。

男

月头月尾系微光,风筝断线会跌伤。
人生最怕身穿线,痛入连心又断肠。

女

同哥相会意相缘,今问明哥爱答言。
靓丽米筛唔上夹,唔知缺角阿团圆。

男

有心开石顺缝裁,担石炉头烧石灰。
哥系石灰妹系水,石灰沉水心花开。

女

哥已有情涯识音,茅台拿来坐桌斟。
昙花一显有阳性,爱学芭蕉一条心。

男

同心种好韭菜花,唔卑别人挖揪搓。
妹系韭香阳润味,餐中令涯活心牙。

一、仔枝词（客家山歌）篇

女

东边日出艳红光，乐意追涯大大方。
媒定缘亲如意日，团和互爱着红香。

男

一朵香花园里生，红桢秀丽叶鲜青。
相逢正是缘分好，手捧真花定友情。

女

亚哥才貌两相全，哥意相亲妹着缠。
爱学鸳鸯成永对，唔论城市或耕田。

男

天晴明亮亮堂堂，喜鹊双飞报喜祥。
国庆和情民庆日，宝马迎嫁住新房。

女

对面亚哥甜蜜声，心头喜悦活活生。
郎情意愿涯心喜，国庆成双望轿迎。

男

过河行稳脚深潜，唔好东观西又瞻。
爱一忠心永不变，三心两意别添盐。

女

甜情爱意绣花巾，日擦勤汗晚洗身。
精心绣着红心字，永结成双爱一心。

男

山家妹子文明姑，涯俩亲情乐心窝。
旱地鸳鸯花下对，国庆成双渡爱河。

女

谷雨春茶嫩嫩芽,约哥来走妹山家。
热心情品山香味,互敬相扶鉴赏茶。

男

新收黄豆好鲜香,妹做豆腐四四方。
角洁清纯鲜嫩气,芳情有位又端妆。

女

好蜜春花及早联,哥开甜枣莫留连。
情缘好比春禾种,节到时来爱落田。

男

贫富贵贱涯唔嫌,同心合力福荣添。
同栽荔果丰收喜,皮皱心红肉洁甜。

女(男)

因你情讯发得多,落田耕作打滑趑。
机鸣忘记田基曲,桥直横行跌落河。

男(女)

中秋晚上月明媚,冇妹(哥)孤单挂相思。
骰子刻镶红豆子,相思入骨你唔知。

女

山歌提醒介亚哥,恋爱创业爱成和。
出入精明高低级,餐中祛涩臭腥螺。

× × ×

一、竹枝词（客家山歌）篇

男

东方日出洒金光，晶亮明人红八方。
天好有情云落影，就缺亚妹歌声扬。

女

歌声嘹亮亮呼惊，原系隔坑鹩哥声。
今日风流坑口起，唔知风向东西横。

男

哥涯开唱妹回扬，情意深深响八方。
今日相逢缘分好，涯系东村妹唛①乡。

注：①唛：普通话"那"的意思。

女

介只鹩哥口柬多，家居哎哩①又如何。
涯今隔坑你山背，唛嘅灵生柬啰嗦。

注：①哎哩：那里。

男

隔坑唔远系村邻，办事常经妹屋前。
涯今青春花上蝶，飞去飞来近妹园。

女

涯今手里印花伞，你系戴顶烂笠嫲。
妹有春园花艳艳，懒虫别拈牡丹花。

男

鹰啸高翔西彩霞，涯穷正气唔花家。
涯今有志车逢雨，开车来采牡丹花。

女

山中喜鹊叫相迎，信你鹩哥只两成。
今日斩柴冇闲嬲，缘开天意看天晴。

013

男

日出在东红岭霄,时辰还有三丈高。
一丈亲情双意嫐,二丈同为斩柴烧。

女

农耙稻草一担提,一头重轻系难题。
隔岭鹧鸪悲切叫,单声独唱日日啼。

男

春风阵阵爽温连,妹系真情哥雾缠。
雾着晶萦成水润,润皮芽开活灵天。

女

润皮芽开活灵天,你涯同襟心着缘。
有情相识报介姓,通名开步好相联。

男

伢名叫做牛耕田,心思着实想得牵。
妹嘅丝瓜郎架竹,唔知竹嫩缠唔缠。

女

春来丝瓜丝活长,脱壳青竿系稳桩。
蜜爱花甜天理着,灵姑有话唔恋郎。

男

东阳喜鹊叫喳喳,涯今心胸乐开花。
牛郎天女成双对,婚成勤业更兴家。

女

涯系农家耕作人,愿同勤哥乐耕田。
勤劳致富涯心愿,节俭持家创富天。

一、竹枝词（客家山歌）篇

男

地灵天意合红香，女善郎勤喜洋洋。
布谷催春催得紧，相亲爱等会端阳。

女

夏着荷花喷喷香，迎来佳节过端阳。
灵姑做好甜粽子，一心等郎亲口尝。

男

秋天气爽好时光，搭信灵姑别等郎。
参加中华创新会，涯今工作日夜忙。

女

冬季哩来腊梅香，腊梅傲雪更芬芳。
鲤鱼爱恋长江水，妹子诚心就等郎。

男

冬寒冷尽回春香，搭信灵姑爱等郎。
哥挂红花来见妹，相亲情热更芬香。

女

相亲情热更芬香，哥仔红辉照山乡。
哥仔才貌涯中意，请择时辰备嫁妆。

男

春淋山水笑呵呵，隔壁吹箫对面和。
讲起两人成双对，唛①人来做媒人婆。

注：①唛：普通话"那"的意思。

女

高山岭顶种冬青，日照有肥也会生。
意着天情涯两好，双双牵手办证成。

男

山歌唱哩一山坪,青春活跃树情青。
对面亚妹涯唔识,手捧鲜花问贵名?

女

隔山哥仔好情声,妹子冇曾安正名。
有喊山姑尖椒子,家乡有叫树家钉。

男

钉稳家兴辣热心,涯家凹下望探亲。
入村先问青科组,村老称涯创富人。

女

厨房锅铲响唔惊,哥莫讲来咁好听。
人讲先生懒尸牯,灯笼外靓系空成。

男

山顶播音远远听,你莫破坏伢名声。
涯系村中先进户,省劳模上有涯名。

女

劳模哥仔系精尖,蝉退衣存系冇蝉。
妹问哥曾找对象?看涯情才啱唔啱。

男

春日红花艳满坪,妹情心乐意甜亲。
真心情爱今真亮,明日相亲办得成。

× × × ×

一、仔枝词（客家山歌）篇

男

集约开山富贵多，丘青水碧牛满坡。
今朝春日蓝天好，就缺牧姑歌声和。

女

岭地牛羊满山坡，山牛崀叫叫呵呵。
今天时日无限好，又见风流靓仔歌。

男

你话冇缘又有缘，山遥路远遇相前。
相逢天意晴情好，天定前缘今世牵。

女

八月桂花风挟扬，阳光精照醒人香。
亚哥情醉花花味，爱学蜂灵沁心糖。

男

亚妹凉帽圆又新，布遮妹面看唔清。
请姑掀帘相一见，认识开缘好近亲。

女

东边日出月微西，阳光无法近招眉。
相逢日月天意定，就等天晴送会期。

男

高山岭顶一棵松，角角桠桠吊灯笼。
吊好灯笼有蜡烛，就等亚娇香烛红。

女

西日阴心确系邪，鹩哥张口又撩涯。
天高水远明分数，山路坑流各有差。

男

缅烂心肝缅烂肠,春情冬夏日头长。
手机夜情千里会,歌搭情桥妹会郎。

女

歌搭情桥妹会郎,隔坑冇桥只远相。
难能有意开桥渡,会到星沉落月光。

男

情海深深唔着桩,涯开汽船接姑娘。
岸边楼丽伢房室,就等妹你嫁入房。

女

介只鹩哥系柬邪,山歌溜转死缠差。
大方明正清清渡,得病冇医莫怨涯。

男

蜂蜜追花系天理,因为友好才追你。
病情因子姑睛上,妹系医生会来医。

女

春山野岭鹩哥痴,见世迷糊讲话奇。
今日相逢过路客,阎王开口鬼答你。

男

山歌来考妹真情,事业成家爱才真。
对面山园伢嘅业,半山楼室伢家人。

女

隔坑哥仔系精明,言引花开蜜蜂心。
有业成家家竞旺,蜂勤置业业兴深。

一、仔枝词（客家山歌）篇

男

妹子山歌振山岗，涯两年轻日头长。
对面柑林果甜爽，请妹光临亲口尝。

女

溪泉溜乐画眉歌，岭水庆情笑呵呵。
今日相逢情义好，请报高姓唛嘅哥。

男

姑娘静静听真详，天下三日水汪汪。
犀斗担东伢嘅姓，妹情良意即答堂。

女

天高云去画眉歌，鹧鸪叫情在山坡。
哥仔陈添心意转，涯今有请过横河。

男

牧姑文智顶呱呱，伶俐聪明乐心花。
你开牧场涯种果，满山牛羊甜果瓜。

女

哥仔甜橙满山坡，伢嘅牛羊一山窝。
牛屎肥果甜香味，联业兴通兴富哥。

男

妹子聪明智慧多，有情献计竞富婆。
种养循环环保好，请去山场伢屋坐。

女

山歌唱热笑呵呵，你情涯愿恋亚哥。
还是有请涯家嬲，再请哥子过横河。

019

男

妹有情心心活生,同兴牛果环保坑。
成婚再创鸡场地,日日晨阳凤啼声。

男女合唱

河水清清照两人,双双牵手热双心。
探知妹家相亲路,同享甜茶慢慢斟。

(四) 颂全民抗病疫

(1)

中华崛起亮东方,科技财经天下香。
党政军民齐奋力,神州抗疫志仰扬。

(2)

天降病毒势凶凶,武汉灾情救险中。
全国上下齐奋动,中央及时召总攻。

(3)

主席①亲下战疫章,海陆空军党旗扬。
医士英雄前一线,党群应召上战场。

注:①主席:习近平。

(4)

社会主义顶呱呱,国有经济保中华。
集调人物飞天速,战毒灵应苦中花。

一、竹枝词(客家山歌)篇

(5)

党召南山②组英雄,追离隔截齐奋攻。
春节守家唔互访,十四亿人听令从。

注:②南山:钟南山。

(6)

金钱千亿及时供,各省驰援人物丰。
多智龙人奇迹显,千床医院十天工。

(7)

齐心奉献战毒风,妻送郎赴作战冲。
兄情弟乐征途上,先人后己系英雄。

(8)

四十日情战捷鸿,病毒嚣尘尘落中。
武汉英雄传喜报,医院轮休在庆功。

(9)

全国疫情安定中,欢天喜地谢党功。
社安民定家兴着,党召复产接春风。

(10)

全国生产众力持,疗俱医药创双飞。
支援国际诚心助,巴意双伊①远征驰。

注:①巴意双伊:巴基斯坦、意大利、伊拉克、伊朗。

(11)

神州大地龙子灵,围打屯挫有真经。
世卫②调研高举荐,全球得道部新征。

注:②世卫:世界卫生组织。

(12)

湖北武汉英雄乡,兵坚征战站红岗。
身经力达明人智,中国诚开战疫方。

(13)

抗病旗扬中国先,全球战疫大兴联。
人类命运共同体,合力除灾携手牵。

(14)

人民政府爱人民,党政上下一颗心。
奋起抗灾今破疫,悍卫人权中国神。

(五) 悼念全球新冠肺炎病毒献身之魂

岁岁清明今又来,雨雾迷蒙日未开。
抗病疫情世酷急,国旗半降天地哀。

二、事悟灵感篇

祝贺中国共产党的十九大召开

改革光辉大地芳,江山旖旎万花香。
财丰世界威威二,宇筑天宫稳稳翔。
天眼巨睛开宇宙,潜龙察海辟深洋。
中华民族今朝劲,百岁国庚兴践强。

中国改革的光辉

神舟托上天宫美,一带鸿兴一路花。
八亿人民贫困解,全球敬仰我中华。

不忘七七烽烟

卢沟美洁乐悠悠,天宇神舟自信游。
八十年前英勇骨,几多岁月战川州。
江山不老青巍丽,灵魄长存树子道。
永记霸权民难死,三千五百万冤仇。

二、事悟灵感篇

纪念中国工农红军长征胜利八十周年颂

长征党导主义彰,体克冰途血志刚。
铁劲饥寒坚向路,全心救族杀豺狼。
仁萌岭地扶家活,贞献身魂开国章。
党铸镰锤光烨远,中华崛起亮东方。

纪念抗战胜利七十周年

中国腾飞民乐圆,和平永记岭山烟。
三光抢掠凶残寇,四亿神民抗战坚。
杀我三千五百万,摧华五千四百天。
倭人东海蛮喧闹,高视魔魂复活癫。

国庆思英烈

南湖艇动马列先,万里长征主义宣。
热血尽流忠报国,身饥填草志钢坚。
战途峰地融先烈,骨格培华崛起天。
今日小康鸿福着,英雄血肉贴心田。

一带一路

珠穆峰①灯此盏瑛,亚欧高铁亮精明。
雄光烨耀南洋港,望角非洲东路清。
合作共赢兴世界,通商互利乐同营。
包容平等真诚事,秉力民生天下经。

注:①珠穆峰:珠穆朗玛峰。

学习伟大的爱国主义者孙中山先生

华英铁志亮荣堂,奋不顾身红节芳。
废帝开明兴社稷,驱除鞑虏立华纲。
联俄联共兴强志,民主民生护族康。
深记国危人作狗,复兴民族锢边疆。

辛亥革命

中华族难外凌刁,人贬病夫与狗嘲。
辱震英雄驱鞑虏,废清皇制立新朝。

二、事悟灵感篇

黄埔军校珠江潮

没落清朝庸帝丁,珠江泓浪擢奸征。
中华危难灵征召,国共成和奋活争。
黄埔有培军政度,蒋家失信败台①城。
唐孙睿智精英步,民族复兴龙子情。

注:①台:台湾。

中国改革的雄流

崛起神州世岛①红,镰锤②光导众贞忠。
泽东③魂召剑英④秉,总理⑤灵呼小平⑥公。
悍将勋情精将气,航天龙子乐天宫。
中华发展民生步,高铁奔驰逯富风。
人类同舟开世界,兴行一带一路通。

注:①世岛:亚欧大陆;②镰锤:中共党徽;③泽东:毛泽东;④剑英:叶剑英;⑤总理:周恩来;⑥小平:邓小平。

有感江丙坤祭黄花岗

隔海亲情抿祖扉,诚心动地忆英威。
共和兴业龙天志,合力宗源揭宇帏。

中华盛世歌

(一)

崛起龙腾大地霞,珍时换制快型车。
丝绸古路先英道,高铁新程现代巴。
合作共赢兴世界,诚携富国裕民家。
创人命运共同体,一带鸿栽一路花。

(二)

物阜民丰日日前,神州家旺小康年。
中华航母超洋步,天眼睛明察宇渊。
八亿龙孙贫困解,西鸣藏铁族萦圆。
全球政党华庭聚,研导民生合作天。

丝绸之路古今开

今时盛史最天雷,百载洋欺去不回。
合作经营经互利,相扶一带一路栽。
古时关道驼铃响,是日通途高铁开。
科技醒人明视远,共赢国度太平来。

猎　风

浩逐污云净百川,才高睿智有青天。
虎蝇飞躲何藏去?民乐社安追梦圆。

暑期探妻农耕（1982 年）

夏阳田热怯炎愁,期满体道农老头。
辛渡心欢耕种作,同耘护幼储甜留。

随妻割山草

烧草温锅煮菜瓜,殷勤尽责俭持家。
长竿镰索双钩挂,山径尖棱九里差。
东彩阳红兴力步,西丘草密献镰赊。
她担前走先探路,道曲峰高稳踏跨。

亲友赠绘画

银坪托种峻青山,东起晨阳亮圣关。
飞鹤巡翔天境美,翠松亭阁有仙攀。

雕虫啃纸心

雕虫啃纸齿精爬,拍节低高任贬夸。
舌利口坚鸣击恶,眼灵睛锐透魔邪。
文扬善义怀仁度,志启贞忠廉洁衙。
大地宏开阳丽艳,神州竞树万千花。

离退休处诗书画展

中国腾飞智化人,休官教授又创新。
绘江山水帆开浪,描石啼禽凤报晨。
笔法柔延风柳顺,竖横勾跷力神臻。
诗蕴义善扶公正,颂党鸿栽华夏春。

事境灵裁

事有踪源理有公,施仁退让活灵中。
明君舍小赚长利,愚者争微失智攻。
行善贞心修积德,真诚立志业开鸿。
宏岩细石亲方稳,严律慈怀百路通。

广州花市

(一)

姹紫嫣红服艳流,欲观阆景上层楼。
桃花靓妹春情热,游者兴男示意求。

缇橘金盘金祝福,肥猪玉蝶玉蝴售。
霓虹彩塔光辉远,杂逻行人美浪浮。
街买春联无问价,甥言叫舅笑双喉。

（二）

春气红颜卉丽鲜,花绯服色衬双妍。
人洋笑语春萌艳,物博民丰改革天。

花市桃花妹

桃花引运艳春回,灵锐撩人盛意来。
小子睛明双美丽,妹情娇味吻花开。

改革初农民的奉献

面向乡泥背着天,勤劳节俭奋耕田。
应征克苦粮交库,力稳天舟创史篇。

山川农民

级级高田岭岭畲,包山耕户靓楼车。
税粮全免仍津贴,社保城乡在进衙。

农村柑户

明缇树绿业专培,人握天灵利地才。
国导扶贫兴力健,民勤妙雨送春来。
东风放逐温苏理,汗气凝流氾润栽。
集约境萌开植顺,诚施党策富家财。

工仔何年有城居

莲花山宅密如林,工仔何年百万金?
高上观音濡福水,那时钟响谢神斟!

枇杷果熟时

黄果金圆艳艳晶,冬杷得子富春丁。
清明扫墓君饥食,味涩甜酸总是情。

高技裁缝手

华袍质丽活灵花,衣体言行贞度霞。
挥手情蕴兴国泰,神慈容健乐龙家。

爆米花妇为儿筹学费

乡间美景小墟场,技巧灵开爆米香。
善制甜糖人见爱,恩言谢助学成行。

春耕农姑

晓阳灵步下楼房,洒落新衣换旧妆。
靥脸含春姿体美,如蜓点水莳秧洋。

山 农

山上草青山下鹅,炊烟巧吊靓楼锅。
府扶农业兴农道,启富民生新宅多。

夏种插秧

大暑阳炎汗涩眉,水温蒸热烫胸肌。
捎烘夏汗施秧绿,手画田青开格棋。
蝉唉催云云荫莳,雷声电雨雨苏施。
骚人曾背天耕作,苦启乡情记赋诗。

农渠失修

高高峰围一鸿陂,满满渠开放逐驰,
不是天池量不足,堤中有鼠穴流离。

莫迷香

庙堂和尚唪经香,声语怜慈悄悄翔。
音绕旋天终有去,身衰油缺也烟亡。

养蚕姑娘

夏热蚕饥日夜桑,姑娘情意茧丝长。
牛哥见喜微微笑,同下饲心备嫁妆。

秋收忙

山日秋风赤稻香,黄田柚岭显丰乡。
机收灵快烟竿袅,运谷车辆妹驾忙。

二、事悟灵感篇

暑假助妻耕田

夏收禾落又秋田,吾助开耙水浪边。
若是天施情此地,丘畴红豆茑萝川。

学作诗

修身养性仄平辞,灵脑开神活体肌。
莫道晚霞临岭近,诗竿巧钓我阳晖。

中华重阳节

经济腾飞老二哥,红阳暖护耄鸣歌。
唐诗音运还童献,不计余晖少或多。

纪抗美援朝

中华儿女义刚强,斗志仰扬过大江。
龙子义军驱敌寇,忠贞热血染朝芳。
壮情惨烈深心记,坚节卫华强国香。
肉筑铜墙城宅固,今灵天理满春扬。

斥蔡英文

洋雨欲来华顿①风,亚洲妖雾雾重重。
东倭嚣气吹洋浪,南海菲②掀越③起凶。
华夏黄孙忠爱国,昆仑大地劲腾龙。
鬼邪揉热迷心窍,莫做汪精卫日虫。

注：①华顿：华盛顿；②菲：菲律宾；③越：越南。

香港的暴乱

中华崛起凡人悦,美癔病翻癫性奇。
鸭绿江边魂未散,峒中霸气你还吹？

二、事悟灵感篇

夕阳红美

民康物阜耀神州,华夏燊燊社稷优。
体健皓巅无黑点,诗词续集有书留。
骥扬蹄旅追阳道,耄耋兴怀赋世州。
愉悦心情灵力体,晚晖红丽暖吾道。

吟　诗

吟词赋作不求仙,抆墨开思活智田。
巧得佳辞神悦乐,情兴动热血增鲜。

登高远眺

巅观瞰远乐心扉,新气宽怀落日晖。
轻步神怡童子趣,身酸苦脑顺云飞。

老乐歌

吾耄年初到,灵规餐饮好。
多鱼肥猪薄,着酒稀量巧。
儿女肩担卸,身心清自笑。
闲情天免问,一觉阳明晓。

观珠江退潮

晨阳碧水岸青优,时暖陪君逐浪游。
昔日春时春志邈,高潮击泻闪悠悠。

老人晨运

单个清游独冷凉,阳升派对乐双双。
昊轮红火温身度,增岁雄图测路长。
悦渡灵心苏络健,开怀赏景活思康。
行行劲足程程错,九九工期再步量。

二、事悟灵感篇

顺然乐健

耆年莫问有几秋，天梯悠然踏顺酬。
崛起蓬生贻济度，腾飞雨润乐情修。
阎王召约明心谱，李白①诗魂滤涩愁。
江水涛涛推浪去，东风飚飚昵灵道。

注：①李白：唐朝诗人李白。

人在天地间

雷鸣雨擦涉冲滩，风泄飘船浪劲寒。
阳卉萌春开藁物，应时垦地奋耕餐。
民创智值争兴旺，天顺龙孙护世安。
百载华为今劲力，共谋福祉美人间。

羊年岁末

风凌辛历莫询春，天殖人生快入雯。
舒适洋楼安老骥，小康家稳慰耆君。
隐明仙梯何时上？透亮新居享日曛。
川水东流归大海，随云顺岭蔓耕耘。

家乡新貌

门前马路免爬坡,不用挑担不用箩。
丘地新居瓷靓丽,家中水管洁清和。
厨兴炊事燃煤气,柴绝封山蔓莴萝。
树岭浓林峰翠绿,四方高速小车多。

中华改革的光辉

中华崛起子雄英,识宇渊程天眼清。
上海精神同旺盛,亚欧高铁号呼声。
扶携天下扶齐富,一带凡间一路耕。
世界岛开融接路,非洲国际互赢情。
创人命运共同体,合建地球村太平。

天　力

水泽平湖坝绝流,高云奔逐是风揉。
长江地力腾东去,大海月牵潮劲浮。
民力托朝庭稳固,雷能劈石毁妖头。
今人盼富同赢利,科技萌开倒霸矛。

腾飞共建地球城

睛观宇宙地清明,耳力秒闻天下声。
智建凌空高殿阁,才创港珠澳桥行。
追程天邈星宫站,察海潜龙国子英。
高铁奔驰商贾路,富开人裕地球城。
民生合作共赢利,稳建和平世界兴。

湖 钓

湖里添骚客,两翁同步中。
勿浮沉水去,鱼戏二痴童。

说 钓

(一)

隐力弓竿横水浮,沉香饵诱暗中钩。
川流浊湍明蒙着,切莫贪馋失自由。

（二）

幼稚学行人实贤，无知伪善着筌燔。
凡间险恶情奸诈，身血流红方识冤。

颂三峡水电站

青龙喷雾制云霞，翘尾行船上蜀巴。
汜润开明萌翠岭，淋生物谷峪金花。
民勤奋植嵩楼巨，国力兴农富裕家。
邈亮神蛇睛闪火，光辉雄业耀中华。

登镇海楼

雾蒙千里瞬明开，晨日珠蛇东进来。
春亮城晖晶艳丽，塔高双锁敛银回。

拔稗草

混术高超潜莳过，乔装剑叶挤真禾。
农兄善识明真伪，拔蘖除根纯洁稞。

耕农免税

神州历代最荣章,川宅楼厅饭溢香。
岭兀人歌宏远亮,中华改革党红光。

鸟鸣晨

蓝天东彩烨山头,彼啭此鸣亲逐求。
笼鸟兴情和外侣,贪馋囚固失自由。

渔歌子·种花生

春气苏和土润暄,农家珍季理耕园。
她锄穴,你添仁,子施肥引造油源。

望海潮·歌颂中国共产党十九大

太阳红艳,东风气爽,群龙北①聚商猷。龙子奋征,中华崛起,人民启富恒周,扫去族人愁。国庚百鸿庆,体健高优,入海飞天,国强家富美神州。　　创人命运同舟:建丝绸海路、高铁欧洲,公正合营,和商互利,包容互鉴双优。环境绿峰畴。高铁雄奔道,世界同谋:天下为公造福,中国特色②道。

注:①北:北京。②中国特色:中国特色社会主义思想。

望海潮·贺中华人民共和国国庆七十周年

——颂大国担当

泽东①开国,近平②承志。房温饱食雄前,财富次丰,扳贫八亿,世间平等朝缘,党践绝贫先。二百双猷步,共享同肩。世界荣尊,族兴人类共舟传。　　全球党聚京③筵,共商民福事,携手同研:兴国去贫,平民得贵,公平正义人圆;平尺议人权,行道公为度,社稷孵贤。地宇升平造福,人乐世和天。

注:①泽东:毛泽东。②近平:习近平。③京:中国的首都北京。

三、人缘灵理篇

构建人类命运共同体

凌侵孵孽虎疯癫,八国联军毁国园①。
二战殃亡无国度,南京屠杀失生权。
当今科技宏玄妙,应侍和平绝霸煎。
人类恒存同命体,鸿开一带一路②牵。

注:①园:北京圆明园。②一带一路:一带是"丝绸之路经济带,即经中亚、欧洲;一路是"海上丝绸之路",即经东南亚、中东和非洲海上航线。

父 亲

世界前程合力轮,开泉培绿地山青。
天伦大道填基石,风雨辛劳籴米银。

育人之父

温怀赐暖体言修,父不骗儿忠父猷。
巧智诚行能后福,何为俯首作奴牛。

励人润生的东方雷

九·三①雷闪亮天鸣,好雨灵苏②合国③城。
天地容和开理顺,春风正侍暖柔青。
民欢东电明生气,众笑西方武霸争。
光导清乌扶正道,阳温世界福萌兴。

注:①九·三:2015年9月3日在北京,以盛大阅兵仪式同世界人民一起纪念,中国人民抗战暨反法西斯战争胜利七十周年。②灵苏:习近平在联合国成立七十周年大会的讲话。③合国:联合国。

人生之味

人生苦涩管馋先,过辣甜酸胃壁穿。
体腹和情人着顺,餐唇调正味灵传。

八秩自嘲

肤斑睛明耳半聋,步行防呆续天通。
餐丰馋惧身肥福,牙缺缝疏话漏风。
测路工程量健日,吟辞启窍治痴翁。
珍恒修练灵神乐,识事图标西北东。

八秩抒怀

生在硝烟血雨年,滩鱼得水解放天。
鱼荣海福鳍灵健,镂骨铭心活水缘。

晚年福

早雾披行晨日霞,东明旖旎美园花。
夫妻健步悠悠渡,鸟语葩香氧氧赊。
阳洒红途金衬路,风来松唳海潮哗。
画眉亲意藏林里,挥手书童叫爷爷。

人生日月

荏苒春时又晚秋,风云植岁白莹头。
魂存正善仁贞记,路道崎岖苦克投。
溪水千川从势去,长江万里向东流。
耆年力健成书卷,夕艳天灵放彩酬。

悟世述人生

人生几度着沉浮？踏岸珠江水笑流。
地月亲疏潮起伏，天风劲酷捲难麻。
球心发力无能避，泽洁阳明有益酬。
陆好基平开旺路，朝清官洁富家州。
机帆海动灵神侍，恶浪回湾静虑谋。

乐世行

忠言逆耳利开题，你也能过已作扉。
当路莫栽荆棘树，来途免挂子孙衣。
鱼贞水族生无舌，鲤窜江湖绝是非。
忍让怀仁通世界，伤人之语不可为。

世 悟

凡间世事事如烟，烦恼云过不必牵。
怒气冲冠生逆血，忧愁思乱造银巅。
山川茂绿天遗意，社稷兴强水托船。
登顶观潮潮逐浪，人行善道有阳前。

适时为

宠恩深处着深修,得意浓时虑计猷。
山雨欲来舟待度,危方计事已无麻。

农民工月夜

月色明圆入半家,子灵神醒叫爸爸。
乖儿盼父明书智,妻苦无能落泪花。

人 际

气盛鸣威塑绝行,宽容忍耐敌灾星。
行仁可储前方土,留地萦开后子耕。

老顽童

中华盛世老童年，乐读诗词学赋填。
静静思行修体健，悠悠赏习古名篇。
书山有路勤为径，文作无涯杜李①船。
深岁天程时日浅，夕阳吾贵不支钱。

注：①杜李：杜甫、李白。

心　声

橘子火龙果满坡，丰收烂市倒敷河。
官人知否奸商恶？一岁辛劳减落砣。

勤者开志

苦学勤为睿智开，灵思树节福跟来。
船鱼在力辛劳敛，败事无成得意摧。

静 思

蜂蜜精明早敛川,天晴奋力息乌天。
它灵勤惜春成业,族律严规尽献贤。

各自有明

千川水势向东流,世道灵生各活求。
宇下春花呈有色,兴开白紫你何留?

忆牧童工

骑牛晨牧乐逍遥,牲识自行乖驯骁。
河岸鸟鸣花蜜境,堤边水草饲肥膘。
河冲砂设呈平纸,竹笔书图翘画操。
学子先生输志策,它诚陪侍我孤苗。

三、人缘灵理篇

骨　气

母生来踏路千条，高下寒酸各力酬。
冷眼迫官弯曲膝，明仁善义挺身投。
兴人福祉勤开步，护国坚贞智献谋。
若问精神何处有？阴阳百穴细灵修。

克寒生温

风寒气冽冷冰麻，克苦艰辛汗润芽。
男教女农双吃苦，牛郎织女半生车[①]。
华天有运为民福，龙地无霜暖树花。
儿业萌开妻健伴，一帆风雨已平斜。

注：①车：两地分居，往返探亲的汽车。

益人活延

凡君着世运几宗？你我情逢缘理中。
泥匠开门墙作吼，后人欢入活兴隆。

珍夕阳

改革雄威百姓歌,华阳红彩美山河。
唐诗妙韵延年乐,莫问余晖艳浅多。

采茶少女

茶绿修成垄邈夸,晨阳翠海乐春娃。
姑灵手折三尖美,又宛歌如味品茶。

蚕姑恋春

桑绿她欢乐乐春,细敷蚕食饲壮身。
天情爱我培园翠,新雨灵施树碧茵。
虫赐众生温服里,吾开箕蒇绕缠津。
它仁不识辛寒事,热意姑怀志暖人。

顺 然

山河靓丽欢，卉木顺天繁。
耄耋心知足，阳情夕彩璠。

荷园导游小姑

荷塘万朵艳芳游，窈窕姑娘导质优。
子献荷蓬她不接，容欢抿笑乐羞羞。

讽新潮女

裤磨制吼嘴红彤，衣现圆脐不怕风。
袒背裸胸分水岭，修长玉腿短裙筒。
显身娇味钩男目，妖艳欢心失礼容。
旧日缝钉封露肉，今时曝体补爷穷。

事发于缘

霸王占地起烽烟,卫护家城铁锢兵。
天地和熏人乐活,春风卉蘖蜜施情。

人　戏

上台高下视人裁,导者阴阳巧利排。
丑角文生忠节饰,贞诚伪善剪才俳。
奸官作祟灵精度,贫庶寒身入世霾。
变幻无穷荣枯了,卸妆完戏就休哉。

忠告某姓君

黄伞思开全蔽日,糖甜食味反鸣酸。
生时婴洗黄河水,今唉高呼纽约天。
华夏堂温香港暖,伶仃洋洁尖沙妍。
狂人自说成仙乐,诳语罔迷鬼穴渊。

珍时渡世

今路东风岭地霞,千蜂万蜜恋红花。
秋荷忍辱将来俏,裸李寒过皓洁华。
爹饭爷衣诚奋学,年青劲实力驱邪。
春情冷热珍时渡,冬冽冷摧无力芽。

世　花

勃立忍冰欺,青葳自有期。
根深何惧旱,时着果丰枝。

房地产焗心寒

太烈过炎脑热牵,汗抽肤凉落神筌。
透支灵血人晕竭,老板民工总是钱。

裁衣师

闹市缤纷巧秀才,街街灵植盛花开。
人行葩动春如海,总是师情美妙栽。

世　事

世事寒凉热诈欺,沉思细析善潜非。
行留阶草添仁意,侍养盆鱼察化机。

行思其果

栽树道傍民得荫,修桥铺路践仁心。
清崎坦径图兴道,种簕伤人撕子襟。

自 乐

（一）
世上争名有暗坑，心明自足弃奢横。
精行细事明仁度，留路子孙宽道行。

（二）
丹心青志已陈年，风雨雷程宇碧天。
旧竞时空云劫去，夕阳红彩乐神仙。

两岸情

台湾海峡雾重重，风雨奇潮浪击空。
望着来鸥心切问，台亲何日族圆龙？

感 怀

辛劳默默四十秋,甘涩甜酸辣苦喉。
社会狰狞强食弱,奸臣伪诈落钳钩。
横凶施罪无中有,愿恶权摧有弄谋。
云去天晴鹰宇度,枫红骨格析风流。

天 程

别有天堂百卉丛,鲜萌花树护阴童。
人生川水东流去,神道磷光西热彤。
仰着观云飞万物,卧休凡世去清风。
英皇亦渡无新路,贵贱封仙闭眼从。

夕阳红

日含西岭彩光华,秋着枫红胜似花。
巅雪皓明休理事,吟音哼韵赏阳霞。
词云风意飞悠远,诗韵灵神擦句瑕。
步的精心行适度,夕阳施暖品诗茶。

答友人

雄心未老学吟词,濡笔还童乐赋痴。
体实坚躯思远步,春蚕缠茧树为师。
青驹难毁无能果,叟马天明有展眉。
怡悦诗书珍晚度,修行米寿奋追驰。

同学相逢

一别桃园六十秋,开怀笑指发皤飘。
当年稚靥何时去?飞染儿孙福脸娇。

自修福祉

春日花开蜜密依,秋冬落叶各离飞。
荣华富贵堂鸿客,大难来时独守扉。

善 行

绝行强势凌孤寡,控口贪馋侍二忠。
驾逼巷穷无路狗,封门自闭必伤风。

同舟共济抗病疫

食省①吞城魔毒邪,党召民隐宅居家。
施规令律金刚步,国统资流武汉巴。
十日千床成院②妙,千时众战拔魔牙。
神州天使芭蕉扇,魑魅敛炎东亮霞。
崛起医阳明大地,云飞光耀我中华。
全开破阵龙天术,世卫③鸿彰荐学嘉。

注:①省:国家第二级行政管理区;②院:医院;③世卫:世界卫生组织。

四、山水田园篇

游山峪

宏阔弯通峭直天,双车道响画眉喧。
林阴松鼠旗扬跷,鸟喉蛙鸣乐闹川。
屏失山开全翠地,蜂飞蝶舞满春田。
阳温华夏千层次,红绿瓷辉厦宅妍。

乡间小洋楼

四壁崚嶒十顷盘,蓁蓁草木鸟群田。
清明巢燕蛙池乐,夏荔鸣蝉鸡唱园。
美宅卉红丘果密,小桥流水鸭喧妍。
三层楼舍何时富?党导扶贫改革牵。

踏 青

鱼竞溪流汩汩清,花芳鸟啭满山坪。
翁儿携步温馨渡,春导天伦喜乐萦。

四、山水田园篇

游七星岩

盘古开天谁凿修,登巅骋望碧江流。
湖明怪石林青翠,山阁亭台鸟宛丘。
峒穴涓流清澈丽,岩中摇艇鼓振游。
神州改革阳光耀,民宅崧威美满州。

溪 水

(一)

高泻琤琤水乐开,湍流浞浞屯陂来。
为人建业栽禾粟,兴物丰盈送福财。

(二)

千溪碧澈入河沟,汇海牵轮到埠头。
日火煮洋回雨润,激淋富果氧人遒。

垂钓深山湖

晨鹤鸣松伴客临,柔风造作满湖金。
画眉音宛忘鱼扯,茶岭姑歌失钓沉。

回乡观双叽石桥旧址

耆年体弱步难持,能践回乡喜赋诗。
忆旧叽流高唤下,今时桥路水泥基。
古潭儿乐垂纶日,前涌晶莹作泳池。
昔日桥情飞不见,联村道直的奔驰。

瀑　布

垂帘天玉艳阳开,万紫千红佛雾来。
布佑信徒承浥润,飞银泽地广施财。

四、山水田园篇

莲花山

石匠为餐巧技施,百年工窍竖凌犀。
艺成城宅途平坦,智凿人安献世奇。

春灵图

农妹开机唱岭先,孩儿奋读古诗篇。
嫂抛秧莳蜓扪水,小子种瓜勤务田。

游庆云寺

亭台林荫石梯艰,踏径鸟歌陪上山。
溪唱半峰云雾曲,天庭清韵醉吟攀。

初夏游白云山

树绿茑萝菁翠蓬,空蓝鸟语卉红彤。
风松海浪青峰丽,霄唳飞鹰天地融。

重阳登高

蓝天圳澈阳峰美,枫赤茅红峭峻嵬。
人走山移停有对,云飘竞去逐无回。
登巅旷展天开朗,林岭禽飞鸠唱陪。
达顶巉岩明远远,再登攀摘米庚梅。

岗顶春景

温苏草绿翠林芽,鹃丽人欢乐赞夸。
姑俏英文行朗颂,又来禾雀啄藤桠。

四、山水田园篇

咏羊城

穗地艳阳红，鹅潭广溢通。
珠潮鸣滚浪，动力小平①风。
双塔高门护，十夸江彩虹。②
全球商展贸，升落客机隆。

注：①小平：邓小平；②彩虹：桥。

粤果菜美

春日枇杷子满腰，秋山柿果鸟宴嘹。
夏荷蓬蒻青圆绿，荔果枝红赤满梢。
秋稻引风柔浪动，菠萝煨火息烟燎。
冬莲藏玉箭防盗，羊穗丰民竞富饶。

秋步康乐园

林青路静宅池间,难得耆身健逸年。
水里鱼翔群戏着,道行人悦两情牵。
桂香风送清心意,鹊唱迎情颂昨天。
耄耋夫妻同胜步,悠悠乐度小康园。

老少登山游

春温草木活榛榛,气霭花萌劲踏烟。
云扯攀升飘嬲俏,孙呼爷悦解筋酸。

雨花落湖

三月花纷霭雨烟,孕情葩落艳湖天。
应时得盛香灵意,嫁与春风免媒宣。

牧山湖

云飞岭鹿在湖宫,水静湉湉鱼躲松。
石径双斜羊咩处,林青聚鸟水山峰。

重阳游山湖

秋气神风奏响松,金黄菊丽伴红枫。
晨阳茅壑赪天地,白发相湖皓首翁。
鱼艇银光粼闪烁,鸟飞惊浪劲腾空。
山青边卉骚人醉,高宇鹰翔细细风。

田 家

青山四绕一农爷,田地围居有卉花。
东种稻粱西种粟,前栽豆角后栽瓜。
北边芋垄间红薯,南圳鱼游聚养虾。
昔日交粮辛劲渡,今时国补谷归家。

肇庆鼎湖

渊渟洁丽晶,树影镜青情。
花引蜂追意,鸟鸣求偶声。
响钟牵佑路,暮鼓善萦人。
弯试神灵水,清心更恋春。

旅游雨壑别墅

雨气揉揉急急缠,沟风舞树竹摇鬟。
松呵鹤语飞巢路,电闪雷鸣撼岭寰。
溪圳抛歌流玉奏,云龙雾兔窜峰攀。
天情瞬变然应妙,匆日清明鸟啭山。

大山泉

密林岩石一池泉,恒冒喷流去不还。
任世翻腾尘雾乱,怜生日夜润人间。

四、山水田园篇

湖天妙

傍湖底显白云驰,夕日红霞两映晖。
并蒂莲担双艳丽,情人坐岸驾天飞。

山村酉时乐

虹雨山村西日斜,男收犁具妹开车。
嫲嫲炒煮飧烟直,小子呼餐有鳝虾。

登高眺群山

雨后霭浓晨彩天,金晖银浪滚催前。
岧岩深壑难平路,坐顶驱云运玉填。

新珠江夜

霓虹船艳夜东遥,男女欢情过彩桥。
边卉衬红瓷宅美,登攀塔瞰玉龙漂。

眺 海

陆海惊涛柔烈凶,高漂考舸俯仰冲。
浪凌蓬板飞翘妙,天恶人聪阿软风。

闲步珠江堤

飔飔风林引卉芬,青年恋抱老舞群。
岸楼高宅瓷辉亮,羊女悠游衣艳云。

四、山水田园篇

冰封天堂山
——1968年冬乐昌干校

气冽晶龙捲浪滩，田川玉满缺能搬。
雾凇山萩生休静，茅屋敷银惠你寒。

春美珠江

提日晨霞日吊岗，红楼东岭太平彰。
木棉赪透船呼动，鸥燕群飞在护航。
岸绿花鲜香引蝶，江边姥美舞牵郎。
仙风活化还童日？恰有知音鸟啭扬。

云 霭

云飞袅袅没垠留，山在有无潜现流。
乐极有违风顺走，高攀虚力馏潜沟。
温情冷热然生在，水歇蒸摧雾绝酬。
液汽阳情循物竟，兴根助叶氧人道。

春风山村

东风寰宇地青茵,雨醒生灵万物鲜。
村宅洋楼瓷片艳,山岗树绿鸟鸣喧。
男车运菜悠悠去,女驾钢牛哒哒田。
水暖蛙情池闹嫁,郎歌妹对乐春缠。

攀高山

天高蓝丽老鹰环,步步攀升借力山。
达顶高成威胜气,下巅求力力艰难。

溪 云

岿山两夹霭云扶,不问行程远短途。
遇岭闲舒飘越渡,逢峰意转润坪图。
暖春梳理灵苏树,冷聚化流潜碧湖。
急骤雷鸣施善侍,轰狼逐虎保乡驹。

野　游

春风飕飕白云游，岭绿榛榛树鹊巢。
幼子嘴张情切切，母心慈爱侍娇啁。

望海楼

楼顶云高一雁咻，孤声自去独撩愁。
南回归鸟天情意，两岸林禽众举头。

康乐园美

——中山大学

林荫兰香引凤来，亲观卉果启丁才。
山坡贵树先人种，岗地花葳智者培。
今日东风温汜地，应时栋木热萌开。
天灵朝气深熏理，仁着园红师者栽。

雨后夕阳荷湖景

涨浸低叶俏高花,数尾游鱼切嫩芽。
蜓吻葩眉盈热泪,蜂亲抱蕊醉甜爬。
风流箕摆揉珠落,苞笑躬身斟酒斜。
日落弓虹东岭月,玉金莹对艳红霞。

粤地春山

奋耕人旺路喧车,燕子双飞搭宅衙。
岭岭芬芳花衬绿,峰峰云彩鸟林哗。
兰葩味溢香萦远,竹笋书天笔美划。
万镜池田蛙闹嫁,蜂情吻卉蜜甜赊。

长江颂

竖起众湖升级扬,翘高三峡走轮航。
调飞湿岭淋兴茂,活化城乡业实芳。
万爪碧龙诚润地,群山青霭护红香。
神州圣水安天下,灵沁萌鲜富国强。

四、山水田园篇

游山玩水

溦雨云峰雾直烟,珠江鸥鸟岸青妍。
春来肇庆岩湖美,秋走南沙芦鹤天。
夏暴壑洪抛泻雪,洋潮冰擦洗行船。
电虹楼宅山河丽,开放中华万物鲜。

溪头村

山绿葳崀曲陡程,云蓬盖岭润萦菁。
人欢车响兴隆景,壑市墟情买卖声。
佳果山珍民福着,氧巴身健脑灵清。
天堂洁丽谁修缮,老祖灵聪赏巧耕。

仲夏游南沙

晨阳碧水绿莲烟,虹彩西霞一棹牵。
风拉芦花千万扫,鱼栖贪味破湖天。

海 湾

蓝蓝宽邈碧珠堆,浪艇鸿波雾落霾。
月岸银砂风捲雪,帆归儿乐乐妻怀。

飞来寺

山秀融江翠碧开,寺宏河绿映仙台。
神亲峡美烟波里,佛境幽情万子来。

乡晨赋

机鸣哒哒柳柔妍,阳润鹃红蝶吻缠。
筛雨虹霞晨艳宅,丘楼更醉竖炊烟。

四、山水田园篇

山 村

(一)

哒哒机鸣耕作场,老牛闲落在山岗。
红楼瓷丽炊烟直,汽笛嘟嘟的士扬。

(二)

阳升烨亮雀莺鸣,水绕山居塘绿莲。
上学孩儿车代步,爷爷挥手乐陶然。

(三)

轻车慢慢慢行瞄,园里人呼过拱桥。
丘地洋楼迎待客,塘中鹅鸭礼低头。

湖静生天

莺啭林间东彩开,莲蓬母鸟子亲陪。
平平一镜湖空丽,静静三鱼渊里来。
天上飞机双宇渡,低宫云动两同回。
阳霞上下晖光耀,天地行和凡福财。

亲友山居

晨光陂水闪珠流,溪圳升扬稻菜畴。
居隐林山瓷靓丽,径弯柑岭竹啼鸠。
塘鱼跃烁粼金美,家犬迎呼接友俦。
烹膳鲢虾斟上酒,小康家富庆新楼。

乡山歌

灯笼果闪火龙场,翠竹柑园处处芳。
收割机鸣扬玉粒,铲钩高举建洋房。
温泉暖舍温庄乐,农智精成农画章。
春美龙门人好客,迎宾酒气铁岗香。

南昆山养生谷

昨日兴车百里游,晨阳灿烂晓风楼。
高飞鹊远东云艳,飘雾岚升北厦浮。
莺唱开幽红卉里,林纯馏氧绿坑流。
东轮射彩灯笼冒,敷宝存金别墅沟。

四、山水田园篇

登广州塔

晨登景美艳阳牵,珠闪新城满目鲜。
精丽江虹收海雨,和谐高铁引天泉。
两凌空塔云腰系,双锁晶龙银链缠。
交易展楼容世界,羊行屯储五洲钱。
欲穷珠水明辉远,再奋攀升超此巅。

春山行

(一)

春灵宇地雨纷纷,鸟唱蜂飞卉竞新。
蛙乐雷鸣声远邈,水丰岚气绿氤氲。
机耕农子开田莳,山翠茶姑歌逗人。
松乘东风倾海浪,丘边洋宅小康民。

(二)

气温无语醒生机,梳柳青柔鸟唳依。
蜜吻桃容禽恋曲,哥机妹莳绣春葳。

春　田

草木蓁蓁晓艳阳，池田璀璨万晶光。
男机耖土耙开地，女莳萌鲜画格方。
白鹤群鸣蛙唱曲，孩儿学种燕泥忙。
艰辛农老珍春绣，客醉吟诗记颂扬。

赏　春

晨阳鸟乐白云川，草木榛榛霭雾烟。
岭竹春浓风翠浪，园桃艳丽美颜鲜。
兰花吊跷撩男爱，柳线羞情逗女牵。
万物春灵争艳俏，天伦盛聚庆新年。

春暖山园

丘花灿烂水鸣溪，万紫千红卉万姿。
山蜜辛勤甜吻醉，园莺爱意婉情痴。
东风暖气灵生美，天丽春光醒物司。
桃裸葩萌何满笑？阳灵鸟唱代呈词。

四、山水田园篇

田园春色

温风悄悄拭葩开,柳线飘撩少女腮。
润曲溪流莺卉里,哥秧妹莳恋春培。

夕阳游

青山峭石雾怀巅,水乐花香蝴蝶川。
百转千弯词径远,夕阳催步快徒前。

青峰湖

渊渟霭气聚峰间,水洁天纯幽自闲。
碧碧清酬陂育稻,绿荷金笔绘湖颜。

秋山湖景

蒲英飞子菊金开,山植洋楼湖瘦腮。
田稻丘柑金赤浪,收网鱼跃活兴财。

龙门旅游区

(一)

九连山系托楼花,林翠温泉暖你夸。
峰碧催云苏卉艳,阳明瀑布美纷霞。
温存旅馆池流热,丰盛商情人旺嘉。
更有龙门春不老,山灵巧绣又鲜华。

(二)

峰灵气洁景鲜妍,龙绣门庭碧暖泉。
青翠南昆蒸馏氧,八岩[①]消暑半山悬。

注:①八岩:八字岩,在龙门县龙江镇。

乡 村

雄伟高桥路岭夸,村村道接读书娃。
机车起运农兴富,商贸开营活到家。

山 居

依山水绕壑云爬,虹雨烟移变幻花。
小鸠青林鸣晓曲,嘟嘟营作牧哥车。

白 云

风牵引渡蔓延空,不惧寒凌恶境中。
飘逸色纯无点染,击冲揉转乐应容。

中山大学康乐园

康乐美,杜鹃园。
禾雀花,啄藤繁。
木棉高耸红丽璠。
红墙宅,教授贤。
睿智启学,政经文理医学全,
天琴定曲宇音弦。
桃李艳,好师传,
蕾颓美,果满鲜,
耄耋园丁乐心田。

山坑景

层峦叠嶂西夕霞,蝉鸣鸟唳鸭喧哗。
油茶铁子枝桠腋,松果翼仁潜地畲。
田稻牵风黄浪美,丘柑闪亮赤金杈。
牛群套嘴知途去,包岭牧场洋宅车。

四、山水田园篇

春雨饰凡间

晴雨云飞宇地牵,溪陂奏曲水琴弦。
清流圳洁千污净,岚气柔苏万物鲜。
鸟唱幽林田漫绿,花芳艳岭蝶翩跹。
凡间惜爱春情贵,珍节勤耕乐谢天。

林葱江流

涓涓碧洁洁溪流,冲刷污泥唱不休。
径陡崎岖松竞密,坑音柔悦曲萦俦。
陂施粟麦蓁蓁茂,江电辉明艳艳州。
岭地蓬生家竞裕,山葱水富国兴遒。

秋　园

风筝线引艳阳天,丘岭柑橙果丽妍。
白露天蓝黄豆绿,秋晴云皓斑鸠喧。
半山洋宅辉辉亮,满地金禾赤赤田。
吾乐灵思兴感赋,东风浥润好时年。

故乡西淋河抒怀

蓝天林绿护盘山,宝塔屯河银玉湾。
岸植一中鸿举士,乡人永记淋河滩。

游南昆山

(一)

一盘山水响咚咚,草卉纷香爽爽风。
千载林涛青竹浪,岚飘氤润瀑布虹。

(二)

千山百转又弯弯,小径斜升树荫攀。
鸟唱蝉词迎客乐,溪鸣奏曲石泉川。
高坑银落振山响,润气川岚醒额颜。
神爽尽欢忘暮日,清幽挽客不知还。

五、动物灵巧篇

蚌鹤之灾

东洋养鹤远飞翔,黄海蚌肥晨暖阳。
鸟落蚌池贪惹夹,美师洋叔舰来装。

耕　牛

凡间耕种我行先,奋业为人千百年。
风雨朝前畲地绿,寒凌苦作福民贤。
神州改革腾飞日,国县兴农科技天。
牛牯闲归山逸度,机鸣哒哒谢您牵。

咏　鸟

畲田杀鼠猛鹰防,叶虱微虫鸟灭光。
水鹤丈池清沼泽,蠕虫鹊捕护花梁。
飞鸣燕逐翔农地,高树鸠啼报晓阳。
众护粮丰山翠绿,境青萌物乐人康。

池天鱼乐

来自深天向上游,不惊云动岸人朝。
高翔悄悄遊天乐,宽宇幽然乐邀遥。

蟹

安分守纪乐爬耕,从不扬声避势生。
我不舔人人食我,无能前后逼成横。

鸳 鸯

鸳鸯恒对水浮衷,出入双双乐乐中。
相护悠悠亲世度,夫妻恩爱子承风。

莲塘动静

水鹤青宫觅食瞄，鲢鳙颌吸氧鲜摇。
鱼鹰劫掠冲天起，莲静排污藕洁骄。

蚯　蚓

畲地湿田行武弓，开洞劲力活灵攻。
勤输喷塔梳空气，顺势清流沥涩冲。
根植鸿兴潜竞茂，花红叶莠赐回丰。
奋耕田绿粮盈侍，隧道长开天下通。

骥

山浓草绿健身粗，出岭雄蹄神爽呼。
深醉新天优宅阁，情欢献力劲程图。
光明大道呈艰步，奸设蔴绳紧套肤。
路险相逢仁伯乐，平途正度已春枯。

河 蚌

帆开水里慢航游,自有排脏长计猷。
河黑泥乌精迈度,心清体丽志恒谋。
阳温技窍悠悠理,夜静收机洁洁修。
万里驱污灵致数,忠贞献宝后传留。

题孔雀

竞美开屏尽显妍,青赪碧翠信歌前。
吾衣红紫时兴换,你古质装穿万年。

题 鹅

明宗识祖野湖窝,好逸贪安自傲呵。
足食丰餐肥落地,收恩逼杀是家鹅。

咏 蚕

珍时爱体啃桑莆,饱食壮身备缚躯。
日夜存津恒力作,忠诚义献暖人肤。

智 鱼

塘虱角凶危脱争,鳅潜鳝滑鲫埋坑。
网池合力鲮鲢跃,龟放标观隧溜生。

大暑钓塘虱鱼

傍河树荫小湾潭,暑气坑风爽野男。
虱闷众升张放废,音骚独老引兴酣。
闲翁乐静沉香饵,热鸟兴情语婉喃。
标没弓竿心悦妙,鱼摇活钓夕阳帘。

五 动物灵巧篇

屋檐灰蛛

八爪灵爬造线星，凌空有计独营生。
竿升捷落斜横扯，檐织网梭左右耕。
善布张罾俘小贼，聪灵窍获设兜刑。
高精巧技施天下，明透开通妙智行。

稻田蛙

含泥入土蛰冬隈，春雨招妻乐唱台。
今日庆婚鸣鼓着，时临大喜抱相陪。
兴情众子繁群落，呼族征螟护稻才。
可恨仁心无好报，忘恩杀我是冤哉。

春山鹧鸪呼

环境艰辛屋套夫，终生铁囚囚俘科。
为钱侍命全时渡，行不得呵城亚哥。

暮春彩蝶

春阳烨艳洒敷川,百卉繁花岭路边。
它丽斯文牵贴色,拈葩孽种恶贪缠。

蝶私心

贪花羡丽吻亲牵,虚意风情假意癫。
暮四朝三无实着,搂双扑二是撩缠。
勤敷下种摧林志,天意禽情护木仙。
学蜜公为酿蜜事,艰辛创福子兴传。

鸟克蝶恶

叶青颊葩羡山川,衣艳斯文蝶扑前。
霸绿孵儿脏毒计,天施鸟克有菁园。

南粤水库鹭鸟

峰青松绣鹭群姻,渠水丰盈稻粒真。
小鹤啁啾饥切急,雌雄捷速侍儿频。
飞飞对唱鸣亲意,浪浪金波闪库津。
木艇悠游牵鸟逐,山崴续润福萦人。

家 燕

(一)

识春探旧婉歌哗,伴侣忠诚搭宅衙。
导幼成飞开世度,杀虫公益保粮瓜。

(二)

春回巢失语声嘹,对对追飞试比高。
惊见嵩楼鸿伟俏,衔瞻远远护青苗。

养小鸡

他养毛绒百小球,翅飞不起叫吱游。
饱温鸣乐怡情活,丰翼高升数层楼。

蜜蝶探花

青春使命着风流,入试探花扑岭丘。
蝶损公林无盛后,为兴族旺蜜群优。

孑孓

臭水暗沟曳跷翘,欢脏腐乐似逍遥。
浊污魔化针情恶,大众呼惩劫血妖。

萤火虫

凡间闪亮夏秋萤,聚点晶磷成小星。
谁说微生无实事?细身长放是光明。

田 鼠

农耕秋实粟高粱,鼠穴贪藏百万仓。
劳者库空情极愤,众呼猫杀返民粮。

蟾 蜍

瘤豆粗皮住水边,扶苗善侍万千年。
春温聚泽歌招侣,气热情开众抱川。
幼子潜游壮跳岸,杀虫兴绿力扶田。
无求功利征螟献,貌丑忠诚义正贤。

蚕

春灵万物卉芬芳,蚕丽情开子满场。
众啃桑莆开作响,群兴壮健储津肠。
时来族志盟休食,令着诚行吐洁香。
富你衣身怀善意,花袍短襖暖人装。

蚕说蜘蛛

然律生灵规奋征,行施各异竞繁争。
蚕仁静侍民丝献,蛛志张罾计自营。
它设索兜兜利己,我津为线线温情。
蜘灵足信谋能获,那晓天风破霸庭。

鸭

蓝天烈日水风流,见偶招婚礼低头。
自足欢心歌哈哈,江湖奋业不缠舟。

老 马

百战千冲力已疲,仍思为主尽劳骑。
无能破敌身衰力,乐奋耕田拉运司。

雁南飞（1968年干校）

寒林叶染赤颓洲,落日黄昏更显秋。
众雁排飞南唤去,你投回向正吾州。

蜜 心

春风卉艳奋奔寻,穿壑过园入岭林。
夏殿时花今日吻,唐朝荔蕊现亲针。
辛劳敛作兴家业,克苦群情采蜜襟。
勤奋酿糖振旺族,追甜播孕献红心。

缸鱼乐乎

缸温氧足侍鱼奴,水碧粮优任享呼。
缺志成龙肥脑渡,遊姿示戏悦心乎?

毛毛虫

毛松示怯慢穹穹,丑小蕴猷内志聪。
运到时来人见爱,风流蝶彩艳飘空。

水 虱

金边微艇水宫航,惯宅茜群集聚塘。
境劣人为难活度,潜生有翼悄飞翔。

五、动物灵巧篇

野竹丝鸟

敏捷身轻小嘴尖,精明啄虱细虫歼。
忘群执着孤鸣呖,谢你扶林绿翠添。

穿山甲

勤创隧道护安生,鼻舌精灵巧活英。
善臭蚁餐林卉茂,扶青树氧益人丁。

蜜勤传后

(一)

轻巧体壮访八方,忠贞仁义志昂扬。
为公尽职无私献,守纪遵规有责岗。
采集资行征必得,护门坚固乐安康。
酿糖培后终身作,两翼清风爱族堂。

(二)

日夜勤忙永奋谋,苦行千里乐何求?
寒冬夏热辛为幼,传世兴家族旺道。

渔歌子·牛

一生诚实苦肩披,耕丘开岭奋奔驰。
心耿直,力恒施,无私奉献惠民持。

渔歌子·白鹤

夏雨盈田万镜光,群飞征落白凌洋。
头项力,嘴尖长,捕鱼明快活丁香。

渔歌子·候鸟

群起齐翔落一池,应天同奋族兴师。
飞万里,聚千儿,公歌母唱乐生机。

六、植物灵气篇

林生竞技

幽森昏日漫苔茵,各茎阴明理植神。
落叶蘖芽精巧力,飘生木耳竞鳞姻。
浓林树密藤爬旺,松子翼随风点津。
野果溢繁禽食迈,莴萝阴蔽菌开轮。
泄蓬诚下归根化,立地创新贵在仁。

杜鹃山

它峰遍野献青葱,鹃岭山山漫漫红。
鸟唱溪鸣春岭切,满陂流彩顺彤彤。

桃 花

蕾瓣初开雨氾容,温风悄悄日烘红。
缤纷苞笑羞着美,男女前瞻意运同。

六、植物灵气篇

中山大学杜鹃花

培林育卉竞芳华,岁岁园丁精作耙。
天使阳君烘暖土,东风画吏绘红霞。
群蜂众蜜闻香到,万紫千红闹艳桠。
耕友情欢春灿烂,明年更美满坛花。

菊

攀篱无惧荆,铁骨镀青青。
冷眼林萧叶,秋寒花艳萌。
霜凌摧弱下,菊格献金情。
劫景明贞度,骚人敬赋英。

咏枫树

半山枫火暗阴燃,鹰唳翱翔碧宇天。
春蘖青芽花碎细,夏萌鲜实水雷悬。
秋凌炼色心承着,冬忍善施仁落传。
处处秋枫何留赤?果施明志表猷圆。

醉　花

小桥流水藤葩丽，松绿鹃红鸟唱晖。
禾雀花群饥啄聚，人欢乐摄不知归。

桃红落池

春红盛意有灵天，蜜吻孕成花着缘。
葩萚不甘清静谢，点波呈笑展圆圆。

墨兰有果

剑叶清油秀丽仪，端妆青肃敬天支。
凉阴致度葩灵蜜，互意情投果满枝。

六、植物灵气篇

米 兰

常青铁茎体精强,金色花呈碎质芳。
静静严容清竞丽,油油叶洁溢纯香。

椰 子

远见篷开高翠伞,近前悬子口流馋。
兴情智妹挥猴上,捷落人欢喜送财。

题海棠

晨晖艳艳闪玲珑,赤叶红花树地虹。
雨水清尘晶俏俏,斜阳着照显彤彤。
莹姿有玉柔妆美,铃丽无声似响中。
体缺坚揉遭劫落,又何娇驻引痴风。

咏红梅

极寒冰逼内能威,憨笑天君我露绯。
蜜敬醉访东一朵,引鸣雷照送春归。

颂 莲

沉着虚心造万圆,艳花蓬托子圆传。
污凌不染身心洁,风示箕摇别近前。

月桂花

青蓬铁骨吐葩黄,精碎清新馥郁扬。
细蕾无瑕花束俏,秋风有意夹捎香。
不求高逐悠悠绿,诚意呈馨悄悄芳。
桂不能言胜口齿,柔柔气溢启人秧。

六、植物灵气篇

晚赏秋枫

（一）

山径金途小陡斜，茂蓬光透赤光华。
秋风星落呈绯下，夕日炊烟钓艳霞。
阳泽鹅鸣召唤主，牧回牛叫急呼娃。
揉风湍湍旋星醉，红叶飞追逗送车。

（二）

叶收枝稳秋贞节，敷岭留红不肯灰。
高俏精明身格贵，铁心坚茎显赪才。

（三）

枫林寒逼体遒骄，极目绯遍染赤桥。
溪水潺潺鱼自在，坑风旋托舞星飘。

咏赤枫

山土优营氾润泉，根深快活惜阳缘。
高威旺势何呈赤？破旧迎新立色先。

咏秋莲

（一）

上天规铁锢，冷蓣不能违。
忍辱挥圆去，珍时玉已归。
悠悠潜茎洁，锐锐竖箭威。
清节恒持度，潜谋竞芳菲。

（二）

叶脉明清网结坚，无情霜杀遁行先。
灵诚有志深潜理，运到时来笔诉天。

睡 莲

西阳容启笑微开，怕见矜持忍忍腮。
夜初深情羞羞俏，恒珍幽月尽心陪。

并蒂莲花

二天红朵一担双,花丽娇羞悄悄藏。
耆老睛明瞄力足,青宫孖躲隐兴张。

冬　莲

夏碧萋萋潜造玉,适天应运落圆悲。
寒凌劫世灵何策?隐璧尖箭竞艳时。

夏荷残呻

暑荷盘黑墨乌悲,蕾笑无甜瑕满眉。
恨恶污欺荷缺法,箭天诉难复清池。

荷君子

秋凌忍辱静猷从,大度胸怀稳洁风。
排黑明清圆碧子,虚心蓬节劲花功。

莲 塘

(一)

碧碧葳葳细细风,竿竿伞伞滚摇中。
孤人兴致沉纶饵,弓索贪鱼活二翁。

(二)

翠叶圆圆密密寮,蓬池宿鸟鸟瞄瞄。
竿青茎直箕灵着,蕾赤红情笔绘描。
风动偏盘雅否语,潜生储玉绝贪挑。
莲程旅黑污泥路,皓洁甜心恒古骄。

六、植物灵气篇

莲灵珍时

六月蓁蓁笔笔红,驱污绝染洁心通。
明清自有深猷计,玉臂排乌节节丰。

大盘莲

池圆水碧小鱼波,一叶尖兴蜓跷和。
精粉蜂心亲吻贵,拈花艳蝶办媒婆。

落 花

（一）

催花繁艳暖风吹,寒劫凋零成路灰。
好蕾珍春灵蕊孕,秋来实着树精材。

（二）

葩开得蒂好天时,季水风流各展姿。
桃退瓣降春有宝,杜鹃花艳子无奇。
开花竹果终生涩,黄实柑弯满蜜期。
好茎珍时精制度,树真根稳储仁枝。

春授柳意

春风悄悄柳条知,树下幽人乐吻痴。
单鸟忧鸣何事急?怕丝飞尽失帘期。

题春柳

絮俏飞飞溜跷飘,莺歌条舞引追撩。
桃儿李蕾园中笑,你有如花失子朝。

植物适时奋

晨日光晖卉彩芊,赪红碧绿竞开妍。
锥锥春笋驱乌箨,朵朵时葩引蜜攀。
菊战秋凌金色丽,莲耕夏雨玉潜先。
枫威高洁寒贞赤,菡萏箭天护节鲜。

咏山竹

（一）

夏种春情笋指天，规生节质脱乌先。
驱寒站稳缝山固，翠笔开财笔笔千。

（二）

贫瘠灵萌自信菁，牵边网结遁潜生。
虚心尖利耕山茂，添吼风流妙韵情。

（三）

封山滤水碧泉萦，坚节青浓帘凤鸣。
莺鸟撩情双啭啸，鸠呼求偶对啼声。
春来竖笋尖尖冒，餐席香甜味味情。
代谢呈新恩谢主，循环民富奉财生。

竹直仁献

笋甜乌箨蒿，青献筠箩笼。
贞质浮人渡，烧身爆逼攻。

老 竹

铁骨直坚挺,虚心顶天支。
风雷揉茎立,宁折不弯姿。

九里香盘景

顽皮灵骨敏须开,应境繁生适活回。
去叶留根潜锐气,阳苏着理又香来。

初夏观松海

晨阳红彩鸟歌川,茸剑千千集训妍。
矮岭山山峰翠翠,高涛浪浪绿烟烟。
针针炼储精油沥,荫荫根留水乐喧。
劲劲温风洋奏曲,支支耸笔敬书天。

六、植物灵气篇

簕杜鹃盆景

共祖同根多色花,彩飞蝴蝶艳加霞。
温情烨丽鲜鲜美,适境应时竞碧华。

含羞草

女妆肤露浅裆身,显肉妖情亮示春。
不怕圆脐风烈化,草灵羞识礼收珍。

水仙花

春来清秀大堂培,翠剑抽鞘护美台。
腰细虚心纯质洁,花黄蕊丽媚情开。
银盆玉托温馨笑,碧水晶须旺气回。
盛日微弯尊致礼,香香纯溢逗人栽。

老 树

曾伞高温荫爽川,钉丘固岭索山巅。
根深体健虚心着,润脉阳扶长活天。

崖小草

忠诚天派峭葳风,摇醒卉灵春笑中。
破石悍持根索固,随缘立志远仁葱。

玉兰花

高高绿叶茎壮身,五月灵开花馥氲。
入坭根深萦路远,秉时香溢最可人。

六、植物灵气篇

九里香花

丽名雅趣碧油妆,能矮能高馨溢岗。
雪白清纯花洁味,柔萦气质启人香。

茶

油叶青青日理芽,三尖美味诱人夸。
茶姑勤奋培新嫩,壶热流香侍舌牙。
龙井开洋洋子索,精萦丝路路欧家。
华今盛富清平着,民裕餐丰爱品茶。

路边花

百里春蓬烂漫新,千花自立乐群亲。
贪葩丑恶拈香去,蜜敛蜂追盗窃人。

白芝麻

别说芝麻小,春情节节高。
白花藏腋腋,丽朵显娇娇。
茎直方方正,身清洁洁苗。
胎成仁子皓,众志馥香骄。

玉堂春

枝头莹火艳颓颓,瓣笑迎人乐意亲。
你接东风忘带绿,红开衬绿满情春。

秋伤小草

根深存活灵心在,鬼火焚凌苦忍哉。
春汨温魂精蘗翠,天扶雨力又葳回。

六、植物灵气篇

叶青有仁

灵精放氧凡间香,光导修行启脉浆。
它献终生无语下,忠贞护树有仁昌。

红尖椒

果红坚茎不弯爬,畲地贫畴乐作桠。
辣着千刀忠献你,仁烘素烈泪淋牙。

茉莉花

矮俏文雅碧翠姿,萌花洁白绿扶持。
从容不与桃争艳,阳馏香熏溢溢施。

禾雀花

藤阴聚雀啄依依,嘴吸亲亲意切饥。
挤逼群情团吮食,游人惊呼不离飞。

荔枝花

高伞青青细碎开,金璘引蜜吻常来。
春浓糖气风流侍,蜂隐甜情送子财。

兰　花

(一)

春兰嫩俏献娇依,刚直气清签叶菲。
丽质人仰优境护,金花香溢富庭霏。

(二)

文静幽雅洁碧妆,花铃吊遂显莹芳。
清葩秀丽微施礼,铃肃温馨迎八方。

树 叶

春温媚嫩献柔权,尽责阳为扶绽花。
天运时行仁入度,功成义落又培芽。

迎春花

春暖厅堂卉竞开,瓶桃蕾笑笑盈腮。
水仙青绿金冠满,玉蝶银蝴飞逐来。

油茶子花

雪白清花瓣笑开,封山美岭赤枝威。
秋时果熟坚如铁,油益人康仁里来。

咏花叶遗落

遵规应节自灵暄,尽责灵开力护源。
葩叶顺遗人莫踏,缘根仁气又兴园。

芋　头

春叶蓬开青伞曲,风来摇示潜藏肉。
禾青小暑热炎炎,穷日无粮芋煮粥。

苦练树

劫叶天情忍顺从,无声内志切寒风。
恒心耿直迎春到,先子传仁后富蓬。

六、植物灵气篇

蒜

着冷苏情更叶精,指天青剑内蕴馨。
新年贺岁回锅肉,节喜人伦乐聚春。

粤果香四季

菠萝赤岭是秋冬,夏日西瓜荔果红。
白露山楂黄柚美,春梅果翠橘橙丰。

小园红豆

山园种下红仁豆,乡女情施日见高。
昨月奇旱摧叶下,可怜缺水远难操。

冬　柳

浓葳气劫志坚心，裸体威然铁骨英。
叶落成泥潜润后，春到寒去万青青。

十六字令·菊

英，万木萧情菊锦呈，花敷满，熠熠赤金迎。

十六字令·枫

雄，桃脱光身你赤彤，仁施下，志表献才红。

十六字令·海棠

晶，玉叶花红引眼睛，风揉落，何必耍妖莹。

七、静物质灵篇

静 物

一杯茶醒人,一对烛红仁。
一架琴鸣韵,一仓粮慰民。

诗 词

(一)

良缘世故景云材,韵脚勤敲律智开。
仄起平随应路出,音优击引乐思栽。
姑心巧着诗心表,子爱灵甜词爱回。
境象情辞萌睿意,铿锵拍节诱人怀。
比兴文彩蕴存远,懿德名言启世才。

(二)

平仄刚柔韵乐声,高扬颂树孝忠情。
为人蕴善仁开步,笔揭妖邪护众生。

诗与情

诗涩无情辞失光,床前明月引思乡。
陆游吟作钗头凤,意感千千人断肠。

作 品

明人细学祖舜尧,义启民生德节操。
灵理扶贞仁立道,识魂知善树梁苗。

贺《中华诗词大全》七卷出版

(一)

中华崛起启文辞,杜李①灵因开溢持。
民赋大全呈七卷,兴培墨客续千诗。
书扬盛世清平路,笔颂腾飞国富棋。
儒作巨编群点力,众栽词活复苏期。

（二）

诗洋浩荡大全轮，破垄冲围见雨春。
浇育词花诗树活，中华文库富萌新。

注：①杜李：杜甫、李白。

《中华诗词大全》
——民间诗词大园地

民间竞唱国山春，代谢运掀陈启新。
唤起骚人开建队，宣追诗树育芳芬。
千情字巧民书赋，万味词香龙地熏。
中国文明花灿烂，神州杜李子莘莘。

尺

帮你量身高矮俳，规行着步示容差。
献谋大厦方圆直，落测鸿途陡急阶。
心尺度明排诈事，秉公诚实去凝哉。
师标学子严灵智，将辛边疆卫固牌。

七、静物质灵篇

沙

微精风导去无踪,集聚飞天蒙太空。
驾水奔腾填大海,为人大厦质坚嵩。

圆 规

一固一行双足尖,软灵施彩步规坚。
点平精准成行迹,着跡明循自得圆。

红 砖

高温烈炼红棱角,固正脆消纯质坚。
形叠方圆楼宅美,为人安健乐篷天。

瓢 杓

人活为餐耐力差,缸中水满任君加。
瓢开润食煲滋味,懒惰无能杓粥花。

锅

日月腾飞路万千,它身耐火献才先。
煲开米力灵神劲,锅里无粮不是贤。

书

默默书情静识襟,明开驱动志从心。
灵耆得智怡然乐,莫问科明着浅深。

七、静物质灵篇

花岗岩石

耐腐抗溶洁敬天,献身高筑厦千千。
兴途稳级阶阶上,道固房安在质坚。

指南针

中华智力出金刚,任你骚缠定一方。
天赐明标航的度,灵开万马践征场。

火 药

华祖灵开轰满星,传洋炮恶杀龙人。
神民痛惜新灵窍,崛起航天更技臻。

纸

龙人巧造智天威,传递文明育国才。
载策开天兴世界,中华改革经书雷。

活字印刷术

活字成书快速裁,文明传播捷灵开。
牵兴天下创科技,华夏龙人启世才。

胶　擦

承人改错去皮身,静静无名乐献仁。
令执驱污情奋着,洁清陈去再呈新。

七、静物质灵篇

檐水穴

天雨施流挂线倾,无风入穴水坚声。
身柔力遂常年擦,劲逼恒持挖地深。

毛 笔

中华历代奋书芳,笔造高山搬海洋。
儒墨兴文开盛世,诚行志着孝忠彰。

扫 帚

秉力驱污洁路真,专明行迹见程垠。
闲时弃站门旮旯,去垢亮图安健人。

担 挑

闲着静时挑不静,夫途跷起捷行轻。
担沉脚落回弹撬,瞬踏身浮又启程。

露 水

天地融和喜泪临,花开得润乐蜂针。
微身在志形成大,农老欢心水育金。

鹅卵石

势逼开身它有棱,何年磨擦落今情?
尖针错失无锋利,钝退潜滩忍废丁。

七、静物质灵篇

抹 布

当年靓丽美姑嬷,此日千裁侍洁纱。
形在从途威格节,贞仁去渍玉清瑕。

路 亭

常行此径路亭亭,道直红花草木青。
清气葩香甜入梦,灵灵渺邈又伤情。

盘景彩石道

落经坑擦万千磨,去锐无锋弃入河。
今显精莹丰彩道,蹭蹬历险路几多?

历史博物馆

长城万点烨贞红,彩色河山代代丰。
帅路将程功列著,流芳千古树贞忠。

碗

钢坚瓷脆命人创,世事凶流意立防。
天理风云奇易变,聪明技智术型扛。

盆

木质瓷盆着侍工,清身淘米各情功。
婴儿体洁成人助,智者躯污自洁冲。

七、静物质灵篇

盐

人生化学道输途,置换还原泻毒荼。
盐着催流灵健在,防污气足劲优图。

砧 板

餐食为人万万刀,开鱼碎肉切肠肴。
循环境运情应忍,格节扶生乐献操。

珠算盘

加减乘除左右回,珠圆滑转助人财。
灵驱上下无分少,公义诚行世路开。

气 球

有形无血赖饥皮,饱灌氢灵醉摆飞。
灵巧冲天骄傲渡,超巅脑裂倒头归。

书献业路

书山有路勤为径,学海无涯苦作舟。
奋读精明开造玉,深研出窍智应求。

广州的大桥

红阳光艳市花彤,珠水船航逐浪东。
南北桥连萦海派,洋洲望角①亚非融。
丝绸海路多营道,世岛②和谐③一带通。
大架有歌君记否?联商贸展贾商崇。

注:①望角:非洲好望角;②世岛:世界之岛即亚欧大陆;③和谐:高速铁路"和谐"号。

七、静物质灵篇

史 书

历史前行代代扶,人无岁永事书壶。
字间敷录忠奸道,格里蕴贞美画涂。
原始刀耕凭天赐,现科机作显丰图。
精藏脸谱千千素,启达民为睿志途。

邮 票

纸轻能启万行途,你给情言送至夫。
十日奔驰方至达,今无票动秒亲呼。

咏 志

能施爱国建家谋,志力兴人活自由。
奋意精工开世界,高官厚禄不强求。

锄

修桥铺路育天英,锄地开田着众生。
岭地雄兴花灿烂,凡勤锄道稳人行。

唐　诗

音韵铿锵洄绕遥,潜魂体透稳灵苗。
追踪隐隐情音远,联接思缠引引撩。

渔歌子·路灯

光亮呈途直与弯,清清灵步海崖山。
她醒渡,你高攀,世间明秀破邪关。

八、四季气灵篇

雷声催春

雷鸣隐隐宇飞纱,冉冉红阳满岭霞。
瑷瑢润柔灵卉蘖,东风旖旎孕青芽。
勤哥铁牛开新土,巧妹银锄美地畲。
苗旺花浓方得实,春时冷热适时耙。

春新涤旧

东风飔飔日昭昭,溦下缠缠树冒苗。
湿岭苏生葳蕤旺,清江去渍利鱼朝。
苍天在意萌新侍,春雨怜情擦旧凋。
溪水驱污征恶腐,田青丘绿地暄娇。

春耕时节

瞳眬溪韵卉缤纷,父老勤耕汗涩身。
小子抛秧姑莳绿,争春男女爱青春。

八、四季气灵篇

春 雨

（一）

行雷闪电励凡人，郁郁芊芊蕾丕新。
线线牵情杨柳翠，柔柔氹润叶萌茵。
田蛙破穴宽天地，时燕歌巢唱恋春。
缝裂开犁坑奏乐，淋酥畲岭唤勤民。

（二）

天律秋干冬地圻，生灵燥渴望甘泉。
精存有窍潜猷步，雨着春情竞藁鲜。

（三）

云筛线玉玉丝灵，鸟语卉芬山翠青。
哥棹秧船呼接妹，一江云雨染春情。

仲 春

树莺塘鸭水中蛙，蝶舞蜂飞吻百花。
农妹机耕鸣哒哒，春温无语醒农家。

151

万物竞春生

（一）

天赐东风葳蕤令，阳暄热宇迈山菁。
桃花张口迎春笑，李树欢萌放玉莹。
兰姐房温培嫩嫁，水仙灵急剖皮生。
柑葩白洁存秋实，稻足银根遁地行。
蜜乐追甜兴侍后，人猷睿智奋耕程。

（二）

花开日丽是天公，山色萋萋大地红。
蛙唱蜂勤开建业，燕泥鸦木作房宫。
江鱼公竞繁兴族，笋脱乌衣健茎嵩。
生识珍时艰俭着，人勤汗获果甜丰。

（三）

春暖晨阳美岭霞，智人蛙蜜闹纷纷。
姑娘播谷郎耕地，小子灵思颂学文。

春 风

（一）

春容醉客喜新庚，风剪千千柳线菁。
禾雀花灵群母聚，荷钱水展节新生。

八、四季气灵篇

（二）

百卉繁开蜜密亲，春风不语醒劳人。
风花叶啸轻言笑，土暖潜声更献仁。

（三）

清气温馨悄悄柔，揉苏卉笑笑羞羞。
桃红密密私私语，蜂喜开怀蜜乐求。

粤 春

风温尖笋燕飞归，雷闪鸣开草木菲。
播谷催秧田镜耀，鱼蛙池闹有天机。

新 春

（一）

晨阳灿烂艳红璃，卉绿春缠苞笑姿。
水暖鹅鸣波动鲤，泥酥叶翠总相知。
东风醒鸟宛喃唉，潋线柔浇绿稻荠。
天赐兴情生物竞，境催人智奋珍时。

（二）

深碧浓浓菊茎申，茑萝葳迤会拦人。
轻雷水洁清塘圳，哥妹秧青莳绣春。
小子学堂勤习智，爷灵栽卉立新椿。
东风造雨悠悠下，河满陂鸣岭绿新。

（三）

地动天旋日月牵，迎新除夕宴丰筵。
绵羊避水回棚去，猴起邀春挟雨连。
社稷和谐贫困解，中华崛起乐人圆。
亲情家乐同台聚，寒走温馨喜贺年。

春灵苏生

（一）

柳丝春意扯来风，雀鸟追情宛啭空。
岭地榛榛繁竞茂，人勤播种适时工。

（二）

神州地暖热春浓，苏卉缤纷馥引蜂。
华夏花红开烂漫，瞻观访者敬龙风。

勤春秋果

蜂花蜜吻艳纷纷,父播子耘耕旺伦。
岭植菠萝青剑迈,畲秧红豆茑萝茵。
秋成果熟田丘满,冬至仓盈富贵臻。
献计荣华春着力,时来获富在勤辛。

夏　雨

雷訇暑雨荫阴凉,滋润乾坤万物长。
阳赐生灵兴焕发,人辛地翠稻黄香。

惜　春

岁月长江滚滚流,东风浥理绿鲜洲。
儿时志梦情今了,庚日西沉事着休。
天赐行温兴盛福,耄年思健赋歌酬。
今春洁净明光透,珍惜诗竿钓夕留。

春灵思友

春阳牵雨润林田,苏醒峰丘动植鲜。
情鸟撩呼群满岭,鱼妻夫逐子盈川。
青园月丽怀师友,绿卉花红忆少年。
乡戚仁兄康健在?飞空讯祝福安全。

谷 雨

桃红谢去谷芽花,电闪沉雷洒玉纱。
燕摆擂台歌咏赛,蛙羞躲草赋诗家。
男耕开地姑秧豆,姐采春苗弟植瓜。
岭果兴农勤启富,东山日出岭楼霞。

春之美

(一)

晨日风潋暖暖林,虹晖凹壑卉葩馨。
桃青有实丰葳树,雨水无晴翠木森。
山竹禽歌双对语,畲田男女一春心。
东边阳彩氤氲洒,西岭鹧鸪求偶音。

（二）

陂水轰鸣鸟啭翔，情哥搭妹落田莊。
郎耙妞莳青春翠，追侣塘中鹅鸭狂。

夏　天

鱼驰蛙唱颂生威，天日农兄背辣煨。
水热烤胸田莳绿，汗流溶地植禾菲。

夏暴雨

霹雳雷庭暴雨倾，溪流奔泻漫开瀛。
山崩地裂农心碎，浤瀁瓜漂总是情。

夏热农家小子夜

夏收抢种热人慌，耙地先行五更郎。
难睡外凉思弄笛，又惊情动妹依窗。

伏 雨

申时暑日辣睛颜,电闪轰鸣震岭川。
訇壑应回岩欲塌,楼炊烟巧吊虹弯。

粤 夏

潋雨云闲虹在东,西边射赤着绯红。
谷芽姑撒秧秋实,蛙唱霞辉楼宅嵩。

秋 风

枫情显赤骨坚坚,叶叶欢飞片片金。
原是色纯寒炼血,红红大地献贞心。

春　情

（一）

春风燕语两萦知，桃李花开金贵时。
天下禽鸣灵鸟颂，骚人景启又情诗。

（二）

温灵雨线织青川，哥妹莳秧春绣田。
言笑眉飞情眼俏，夏来恩着谷萦缘。

（三）

厚云潋润岭晨霞，风引香来说上花。
灵鸟宛情蛙闹嫁，山溪瀑布鼓烟纱。
哥机哒哒耕畲地，妹巧弯弯种豆瓜。
今岁天明春著早，秧田老少拔推车。

春灵感赋

（一）

碧竹鸣禽起暖风，天云夕彩地天红。
春花溜溢柔香远，可惜余阳已索峰。

(二)

花日遇寒葩冷收,冻凌蒌蕊败风流。
阳情夏赏枫青翠,何事迟红着晚秋?

(三)

耄卧洋楼不算穷,斜晖射入宅堂中。
余阳赤艳余无价,热育诗竽吊晚红。

忆　春

(一)

青春灵爱敬温风,绕绕柔柔热热中。
你侍时花娇艳艳,耆翁惜秒晚馨红。

(二)

春情悄悄卉兴红,花笑矜持尽艳容。
若识潜言幽静别,何为苦种耐勤工。
天开地热今明昔,志劲身衰无力从。
君未招呼形隐去,来时腼腆走匆匆。

溪川夏晚情

斜日颓红树鸟哗,菜姑田洒彩虹霞。
牛呼叫子归童笛,竿点浪溪鹅女花。
商贾双男车荔果,劳英二妹驾犁耙。
密林深处饮烟直,小子呼餐有鳝虾。

咏秋情

九月晨凉盛爽秋,新园一遍桂香飘。
农开贸易兴隆景,嫁娶新楼喜乐陶。
竹克气凌萌笋冒,松灵翼子暗潜苗。
翻山别有枫情味,满地敷红仁献朝。

秋 雨

萧萧浥润饰秋然,雨粒沙沙洁岭颜。
大地三秋劳酷热,林中众鸟韵河山。
久无降雨田丘燥,今有甘淋侍圻关。
缝裂抒根灵润路,天情仁意续生还。

秋 兴

岭宅新楼鸟啭丘,芙蓉落艳菊金稠。
高粱粟麦风柔浪,农老红居喜庆酬。

秋 思

冷凌飘叶跷旋揉,草赤枫红金染丘。
北雁南回寻暖地,灵生有志内潜猷。

金 秋

晨日金田赤稻霞,地扶楼宅美农家。
金辉蜜柚明千树,穗月饼圆甜众丫。
农节丰收粮果盛,秋分开市贾商车。
重阳敬老时兴尚,耄耋情欢孙子茶。

中　秋

银盘高挂亮明琛，气爽云飞茶庆斟。
父子爷孙携嬉乐，甜瓜月饼系圆心。

秋雷雨乡山

雷鸣电雨地光鲜，西岭穹虹楼接妍。
高速路宽南北架，晨阳车动巨龙牵。

冬　寒

凛冽干风冽地川，冬凌练树茎竿坚。
栋材铁实厅居稳，人克寒流固健天。

粤冬

江河清澈向东流,大地农青绿岭丘。
园紫荆开花满树,桂香萦远鸟鸣沟。
菜葳青翠晶萌嫩,姑短裙情靓丽修。
冬至有寒无雪地,健身灵练水中游。

冬

荷坚御冷万箭天,一道斜阳钓夕烟。
泥腿花身提墨藕,原来乡孩献甜鲜。

穗冬雨冰雪

(一)

穗冬飘雪古来稀,今日洒呈冰豆奇。
洁粒晶莹弹响瓦,银絮轻俏悄幽施。
羊民喜着留飞影,耆老欢观落滚琪。
八十庚翁奇罕见,情兴赋作纪吟诗。

（二）

晨阳瑷瑓暗东霞，零度奇寒冷指麻。
兴立凉台观宇度，穗风冰雪气凌花。

（三）

巨寒深夜怯昏昏，岭白飘飞小雪纷。
晨日莹莹冰玉跳，绵絮幽落接寒春。

大寒雨

应规叶下冷寒摧，劲骨香花铁志梅。
天意施仁缝地圻，柔柔极去送春回。

冬　雨

北风揉入冷侵人，猫狗怯寒房暖身。
农老巡棚培菜嫩，豆瓜温室盛于春。

冬寒之雨

耄耋身衰久雨持,怯寒收步苦囚居。
双睛明着凡间事,天润兴情在赋书。

冬日浴

明阳世界日淋济,圆邈光盘任品滋。
盛热温情身血旺,人康凡乐谢天施。

腊月农情

小康冬日喜情多,婚嫁新楼入伙歌。
农节秋分农贸旺,牛羊鸡鸭满墟坡。

九、月明地丽篇

中秋湖月

(一)

欲下边梯赴桂园,湖桥迈步已行天。
嫦娥喜上凡人陆,落在池庭牛岸前。

(二)

银河深落静湖中,双月双行衬两空。
一艇桨摇珠璀璨,莹湖失宇去云风。

(三)

风流荷动皱湖天,天上睡莲开笑先。
水静鱼兴吞吐月,明蒙摇镜水中连。

赏　月

熔轮晶亮皓明空,地种钢枝宅俏嵩。
银月诚施银满岭,风云西去只施东。

九、月明地丽篇

独饮圆月下

冰莹隐洒皓敷途，四野轻风一鸟呼。
似雪月情亲万物，酒人依友着三夫。
天杯各显圆单玉，高镜独萦牵两孤。
月老何为全又缺？霜晶饰发对空壶。

忆昔中秋月

高云抛镜滑如飞，城里村中乐照痴。
娥启桂花香味远，云遮影黑力难离。
穷牛银币沉湖里，孤妇明轮落碗池。
湖碗天情同一月，城男乡女苦甜思。

中秋月明思

高镜湖鳞闪白金，仰瞻娥女躲屏阴。
娥呼牛老何情乐？邀你宫姑穿地心。
高铁飞龙游邑市，神舟上月坐宫斟。
天来凡往恒温旅，不再河头等冷襟。

圆月撩双双

东月牵身妻步陪,双男二女乐痴携。
足情齐渡忘深夜,右贴扶躯往返回。

月　光

玉帝宣行照世间,熔盘洒宝富河川。
白云抛碟无能止,日姐施银不可牵。
岁岁中秋明亮亮,年年同聚乐圆圆。
风乌有意兴焜照,何着团圆又缺全?

月圆明

圆圆明世界,日力在恒持。
亮丽敷银下,开阳才富施。

九、月明地丽篇

月明故乡人

西峰明月洒霜山，入侍床中染白肩。
她在依窗观道雪，房中冷气冽难眠。

月应人之美

玉径斜阶上岭楼，熔银素洁宅堂州。
细风池镜凌晶美，艇动莹陂宝满沟。

中秋夜游湖

桥架行人太宇仙，艇航天上艇上天。
湖亭牛仔嫦娥会，一棹高航邈里渊。

房中看月

洁丽圆圆洒雪临,依门思忆忆沉沉。
风窗西月冰敷褥,床坦晶寒冷入心。

船开江月

宇白金飞洒满川,静清潜月入深天。
鳞鳞甲闪银蛇动,捲捲舟拖玉鳝缠。
舸走珍珠辉万兆,水中花撒亮千璇。
艇行财道晶晶渡,江宝船开向后传。

水池月上楼

圆轮隐洒川丰玉,风水莹房活跃辉。
雪染天花谁乱画?嫦娥怜惜逐孤飞。

月染江丽

玻盘照水彩晶浮,月丽深沉稳渡头。
鳞闪巨龙鳞艳去,玉萦舟动玉丰收。
银敷江岸璠璠白,风染珍珠璧璧流。
皓白金河千里富,耀船灵巧更前求。

秋　月

风窗扯扇月盈床,竹舞兴施雪闪房。
人影怜携亲远意,单悲鸣鸟别骚伤。

月圆雨水时节

春风浥润地氲氤,雾岭温和结露晶。
轰烈连天雷点火,天施玉洒富苏生。

珠江月

中华天宇月圆圆,晶玉明敷洁赐人。
珍粉饰船凌俏美,微风化水宝珠粼。
那兄鸣艇创银道,阳姐呈财富穗臻。
广地珠蛇楼宅丽,丝绸海路小康民。

夏夜雨晴月圆明

突发云行月朗晖,开霾四野皓龙威。
江山显玉洋楼镀,林草珂衣银岭辉。
光亮灵蛙鸣百乐,銮风凉气启千扉。
天轮宅电村星配,西照骚人方识归。

高山观月

碧宇薄云冰镜移,山河洒雪不寒眉。
晶龙起伏飞千里,林木明新皓万姿。
华夏开明萌玉卉,川州如海浪璠奇。
夜城星布辉衬月,处处莹银洒宝贻。

九、月明地丽篇

月圆荷池萤飞

冰盘夜亮白芦扬,三两萤飞闪闪张。
吾赏天轮筛玉粉,虫明衬月聚群翔。
众追风妙晶流动,几落箕盘碧烨光。
突起气旋团扯去,灵辉似避入荷藏。

夫妻农耕归(1982年)

阳沉悬镜夏风凉,两脚情泥种自粮。
她扯踏塘邾水笑,夫应携手影鸳鸯。
怜心月姐三双引,乐意陪妻对四方。
男女嬉摇生六肖,同耕田雪果萦香。

乡山明月抒怀

碧宇高空挂镜轮,圆圆皓皓素熏熏。
莹敷山岭幽筛下,天洒珠财意赐群。
宇阁云飞离月去,河川玉洒满氤氲。
骚人问您为谁富?施宝畲田得者勤。

山 月

中秋一壶茶,开柚拜财爷。
风逐乌云去,灵应银满畲。

中秋皓月下

霜敷大地满山州,月下寒风瓦瑶[①]头。
一眼茫茫千里雪,吹烟袅袅苦乡愁。

注:①瓦瑶:搞四清工作的地方名。

春月山居

似银天镜烨凌台,四月温回雨落梅。
岭宅孤吹梁祝笛,山园溪水送花来。

九、月明地丽篇

月光思

独宿半生唯怕月,更深风曳树摇频。
开窗闪亮光莹地,回首沉思一枕中。

中秋登高赏月

去年明月面遮巾,今日蓝空皓宇轮。
远处豪居歌盛世,近山田岭树敷银。
天神护佑财敷地,海面莹粼碎璧氲。
奋力登高争运气,攀峰心爽玉衣身

山乡冬月

冬寒大地赐霜披,昨日冷风微雨归。
林木疏枝根固立,珂轮施玉岭峰晖。
电光塘月明相对,山柿晶盘照互辉。
小圳清流粼顺去,儿时瓦璧变楼巍。

寒露月

更深寒夜洒寒光,照着山居冷独房。
心忆怜孤心远侣,望怀家涩望离方。
家中四幼灵甜咀,更虑双叟呆目张。
旱水霜凝干更裂,何时圆月共厅堂。

月善护人

皓明清月永恒陪,万险程途直送归。
我坐船头亲水护,和谐高铁亦穷追。

圆月遇天云

天海鳞鳞门宇中,飞穿云渡隐明空。
乌凌洒黑污昏地,渴望东鹏展引风。

九、月明地丽篇

湖 月

风平落月底天明,上下星星似笑生。
双镜莹光双邈邈,湖人隐走我无能。

追 月

古稀吟作老来痴,半世烦劳今顺时。
是夜清明思赋月,灵辞虑白几根丝。

月满令思圆

一岁天轮绕日霞,严规铁锢我行车①。
年循十二团团月,拾壹回圆不在家。

注:①车:两地分居探亲的车。

静山夜月

干校冰轮窒气秋,夜溪鸣曲唉忧忧。
林君梁祝飞骚笛,山涩异乡牵两愁。

下弦月

月初张古钓鱼舟,云白悠悠漫宇遊。
突发增乌浔黑惧,天呈墨海暗张钩。

月似有情

冰镜云抛慢慢移,孤轮皓皓素萦池。
羞羞靥脸施情态,相送吾回暧别离。

九、月明地丽篇

月　圆

（一）

昭昭皓皓素娟娟，二月中天玉卉田。
张古桂香悬远味，磨银粉献隐筛妍。
湖天仙女邀凡会，水岸牛哥驾旅船。
喜鹊深知无媒事，高飞入巢乐安眠。

（二）

儿媳公婆孙子茶，风窗引月亮明家。
温温汜润甜柔理，树树兴和舞素花。
高镜悠悠敷玉路，晶途丽丽镀珠砂。
爷孙嬉乐天轮福，子女温馨业蕾芽。

月明珠江

光明珠闪闪萦空，轮动呼号船浪风。
路树摇施莹碎地，天潮出海玉流中。
五羊兴穗丰千里，改革鸿资去万穷。
灯衬蛮腰银配美，江粼粼壁艳奔龙。

中秋月

(一)

银炉施世界,你我富萦装。
天地同间屋,凡民命一堂。
嫦娥开富亮,丽洁美程扬。
宇月明情着,别居睛语长。

(二)

秋风气爽月甜圆,光丽亮虫追恋缠。
熟果清纯今美宴,青年吻抱老情牵。

月静山林

晴雨收云月郎川,嫦娥举镜镜圆圆。
山松皓气幽琦景,勿有鸦鸣唳险喧。

九、月明地丽篇

秋芦圆月乐钓翁

江滩翠绿芦花美,湖艇渔灯显闪辉。
秋爽菱香风绕绕,浮沉月笑跃鱼飞。

吾俩赏月

期待多年秋月光,甜情今着乐双康。
风灵兴扯窗敷玉,树喜欢摇叶啸扬。

初秋圆月

初秋风润活灵天,东岭银炉粉饰川。
皓石骚人登岭赏,晖光闹鸟婉林边。
銎溪迎意流哆曲,近露莹珍洇竹田。
男女耕情机哒哒,楼新瓷玉满丰妍。

天月有情

月情施皓亮河山,浩浩白金州宅颁。
扶染凡身莹洁丽,明途者步识家还。
仁心爱众敷银赐,贴侍陪群稳步攀。
晶色峰丘璠岭地,精图贵色富人间。

卯时圆月照山村

霁雨云收月朗川,嫦娥仍照亮圆圆。
月池郯造珍珠满,素色莹峰洒霭毡。
岭显明阴虫默静,水波微闪宅生烟。
牛郎山路犁耙响,鸟唳知音鸡唱喧。

初三四月

织女挂弓弦,牛郎望镰天。
天狼安静里,张古坐翘船。